GILLES

ET

PASQUINS

PAR

ALBERT GLATIGNY

PARIS

ALPHONSE LEMERRE, ÉDITEUR

47, PASSAGE CHOISEUL, 47

—

1872

GILLES

ET

PASQUINS

DU MÊME AUTEUR :

VERS.

Les Vignes folles.
Les Flèches d'or.
Le Fer rouge.
Rouen.
La Presse nouvelle.

PROSE.

Le Jour de l'an d'un Vagabond.

THÉATRE.

L'Ombre de Callot.
Vers les Saules.
Le Bois.
Pès de Puyane.
Le Compliment a Molière.
Les Folies-Marigny.
Les Délassements-Comiques.

Pour paraître successivement :

L'illustre Brizacier (Drame).
Le Singe (Comédie).
La Comédie errante (Roman).

PARIS. — J. CLAYE, IMPRIMEUR, 7, RUE SAINT-BENOIT. — [439]

A CAMILLE PELLETAN

JE vous dédiais ce petit livre, mon ami, il y a déjà un an. Il devait prendre sa volée, en moineau franc, gouailleur et joyeux, vers les premiers jours d'octobre 1870. Le siége de Paris, les sinistres événements qui ont précédé et suivi la chute de la Commune, ont retardé son apparition. Ce n'est plus guère aujourd'hui qu'un volume rétrospectif qui servira peut-être à l'historien des mazarinades de la fin de l'empire. J'ai dû supprimer quelques pièces qui, lestes et gaies au moment de leur éclosion, auraient une lugubre portée aujourd'hui. Cependant, tel qu'il est, acceptez ce bouquin frivole, et croyez-moi votre bien sincère ami.

ALBERT GLATIGNY.

Paris, 15 juin 1871.

GILLES ET PASQUINS

I.

Prologue.

Plus tard, vieux rossignol sans gosier, vieux poëte
Noyé dans un habit d'académicien,
J'irai, lugubre à voir, triste et hochant la tête,
Rabâchant vaguement quelque propos ancien.

En ce temps-là j'aurai, sur bien des tombes closes,
Prononcé de pompeux discours très-applaudis
Et je rebuterai, par mes dehors moroses,
Les poëtes nouveaux, ces merles étourdis.

Je crîrai : « Laissez-moi tranquille avec vos odes!
A mon âge on relit les livres déjà lus;
Puis mon corps n'est pas fait à vos nouvelles modes,
O jeunes gens, soyez sobres, je ne bois plus! »

Quelquefois, par les soirs d'été, quand la caresse
De la brise fera tressaillir les grands bois,
La Muse, surmontant l'angoisse qui l'oppresse,
Viendra me dire : « Ami! que devient donc ta voix?

Chante encor, comme au temps de nos vertes années,
Le monde attend de toi de nouvelles chansons.
Vois! les voûtes du ciel brillent illuminées
Et la rose a frémi d'amour sous les buissons. »

Et je lui répondrai : « M'amie, au clair de lune,
On se peut enrhumer facilement. Le soir
Était déjà malsain, quand ma tête était brune,
Puis en plein air, d'ailleurs, on n'aurait qu'à nous voir!

— Attendons à demain, soupirera la Muse,
Le clair soleil de juin, joyeux et réveillant
Les oiseaux dans la masse animée et confuse
Des branches, planera dans l'espace brillant.

— Je ne pourrai chanter demain non plus, m'amie.
Le soleil est mauvais pour mon front découvert;
Il échauffe par trop ma cervelle endormie
Et blesse l'œil malgré ce noble abat-jour vert.

— *Hélas!* » *fera la Muse, et, de ses mains ridées,*
Elle essuîra les pleurs qui mouilleront ses yeux.
Alors, réunissant quelques pauvres idées,
Je lui dirai : « Voyons! pourtant je suis bien vieux! »

O spectacle touchant! sur la lyre faussée,
Haletant, et penchant tous deux nos fronts jaunis,
Nous recommencerons, sans craindre la risée,
La chanson de Monsieur et madame Denis.

Et toi, Public, troupeau bêlant que rien n'arrête,
A qui la jeune Muse en vain ouvre les bras,
Comme je ne serai plus qu'une vieille bête,
Tu seras à genoux et tu m'applaudiras!

II.

Le Revenant.

Journaux veufs, vos désirs là-haut sont exaucés.
Dieu, qui tient dans sa main les rédacteurs passés,
Rend parfois, pour qu'un autre abonné lui sourie,
Le même Limayrac à la même Patrie.

Le journal dont je veux vous parler possédait
Guéroult pour directeur. Devant lui tout cédait.
Je le connus ami du père Delamarre,
Et ses bureaux touchaient à ceux du Tintamarre.

Il avait tous les gens dont le ciel fait cadeau
A ses élus : Mornand, Sauvestre, Azevedo.
Il eut About. Ce fut une ineffable joie.
Ce jeune rédacteur chercha longtemps sa voie;
Saverne l'envoyait. Il avait fait un four
Au Théâtre-Français; il s'égarait autour
De Taine; mais Guéroult adorait ses chroniques
Et trouvait tous ses mots à double entente uniques.
Pauvre Adolphe! souvent, les bésicles à l'œil,
Il s'allongeait heureux dans un large fauteuil,
Les pieds enveloppés en des pantoufles neuves,
Son bureau surchargé d'une masse d'épreuves,
Et souriait au gros About, et l'appelait
Montaigne, Siraudin, Pascal, comme il voulait.
Oh! comme il savourait sa prose bien brossée.
About riait, charmant, et du rez-de-chaussée,
Joyeux, prenait son vol jusqu'au Premier-Paris.

Il poussait en jouant de jolis petits cris
Qui résonnaient dans le quartier de la Huchette;
On le laissait courir dans la maison Hachette,
Et Guéroult lui disait : « Edmond! » et reprenait :
« Voyez comme il est fort mon About. Son bonnet
Ne tient plus. On ne peut jamais le faire taire;

Bon jeune homme! parfois je me dis : « C'est Voltaire! »
Et, publiciste heureux que nous admirions tous,
Il se replongeait dans son canard à trois sous.

Un jour, — nous avons tous de ces choses fâcheuses, —
Une feuille grincheuse entre les plus grincheuses,
Le journal de Legendre, attaqua cet About,
Et l'exemple donné se vit suivi partout.
Diogène, Gaulois, *tout s'en mêla, nouvelles*
A la main, faits divers, hélas! Quelles cervelles
Résisteraient au bruit qui se faisait alors?
About, qui ne sentait point ses reins assez forts,
Se retira.
Le vieux Guéroult, sombre et farouche,
Resta seul. Aucun mot ne tombait de sa bouche :
Un numéro faillit se trouver en retard.
En vain on lui donna Deschamps et Villetard,
Rien ne put arrêter la source lacrymale
De ses yeux; il disait à l'École normale :
« Rends-le-moi! » Quelqu'un dit, pour consoler son cœur :
« Mettons, au lieu d'About, un autre chroniqueur. »
Le Temps *survint.*
Soudain un nouveau bon jeune homme
Parut qui rappelait Biéville. Mais comme
Il s'avançait, Guéroult s'écria vite : « Non!
Je ne veux même pas qu'on me dise son nom! »
Mais tout à coup, pendant que, droit comme une borne,
Immobile, il songeait, pâle, pensif et morne,
Moins au Sarcey présent qu'à l'About disparu,

Et demeurait plongé dans son chagrin accru,
O doux miracle! ô feuille au bonheur revenue!
Guéroult, en relisant une prose connue,
Entendit le Sarcey qui lui disait tout bas
« *Tu regrettes About, c'est moi, ne le dis pas!* »

Paris, août 1861.

III.

Le Siècle.

C'était un grand château du temps de Louis treize.
Victor Hugo, *les Voix intérieures.*

C'était un grand journal du temps de Biéville.
L'abonné soutenait ce carré de papier.
Sa quatrième page étalait une file
D'annonces de tout genre à remplir une ville :
C'était le Moniteur certain de l'épicier.

Sous nos yeux folâtrait, jeune gloire ignorée,
Un de ses rédacteurs au profil surhumain
Qui, dans un coin, la taille élégamment serrée,
Près du morne Luchet, que plus rien ne récrée,
Lisait l'épreuve, ayant le prote sous la main.

O deuil! le bulletin manquait. La politique
N'offrait rien de nouveau cette semaine à l'œil;
Desnoyers cachait Plée et Plée un spleen unique.
Le mardi ramenait le feuilleton lyrique
Où pleuvaient tristement les phrases de Chadeuil.

On voyait remuer dans la vieille baraque
*Jourdan, qui menaçait les gens de l'*Univers*,*
Et, simples rédacteurs qu'un besoin d'être traque,
Saupoudrant leur copie avec la sandaraque,
Dialoguer Husson et Solié, ces pervers!

Pelletan, formulant ses âpres théories,
Hélas! n'apportait plus l'éclair de son fanal.
Dauriac, enfoncé parmi les vieilleries,
Tâchait de rafraîchir ses notes défleuries;
Pelloquet, ennuyé, bâillait dans ce journal.

Et je dis : « Ce papier, plein de sombres mystères,
A vu des feuilletons comme en fait du Terrail,
Et Dumas et Maquet avec les Mousquetaires*,*
Et ceux dont les journaux se font les tributaires,
Et ce n'est qu'aujourd'hui qu'un sultan sans sérail.

Dans ce bureau bientôt envahi par le lierre,
Venaient, copie en main, et riant et chantant,
Ou bien le jeune Plée, ou bien la Bédollière,
Qui du grave Havin, milice familière,
Disaient : « Maître, » en entrant, et « farceur », en sortant.

Et pour la Bédollière aussi bien que pour Plée,
Le journal contre tous bravement guerroyait.
Les porteurs s'épandaient au matin, troupe ailée,
*L'*Union *gémissait, mourante, échevelée,*
Et Limayrac, prudent, au lointain louvoyait.

Or, en ces temps fameux, seigneur de sa boutique,
Havin se promenait avec ses rédacteurs.
Il nommait Biéville un immense critique,
Bien plus fort que Sarcey, Lucas un homme antique :
Ces soleils se servaient entre eux de réflecteurs.

Au loin on entendait murmurer dans la presse :
C'étaient d'autres journaux égarés dans le bleu ;
La Patrie *et Fournier exhalant leur tendresse,*
Le père Cassagnac, au Pays *qu'il oppresse,*
Disant : « Après mon fils vous aurez mon neveu. »

Biéville et Havin, qu'admire Delamarre,
Marchaient dans leur candeur sans voir les pieds de nez
Qu'on leur faisait du fond astral du Tintamarre...
O douce illusion! ô canards dans la mare!
O pontifes! ô sphinx toujours enchifrenés!

Paris, février 1862.

IV.

Les Préfaces de Dumas fils.

> Quel poëte morose
> Est donc ce Dumas fils!
>
> Théodore de Banville, *Odes funambulesques.*

L'autre jour, sur la route où le soleil abonde,
J'ai rencontré, traînant ses guêtres, Casimir,
Cet acteur chimérique à l'humeur vagabonde,
Long comme un peuplier et fier comme un émir.

Il marchait, en faisant des pas d'un kilomètre,
Effrayant le chemin de fer en son parcours,
Et, comme Eviràdnus, en droit de se permettre
De trouver quelquefois les lits d'auberge courts.

Alors, le saisissant au vol par une basque
De son paletot roux, je lui dis : « Cher ami,
Suspends un peu ta course aux ailes de bourrasque
Et veuille jusqu'à moi te pencher à demi.

Dis-moi, que penses-tu vraiment de la préface
Dont pare Dumas fils son théâtre complet?
—Eh! que diable veux-tu que Dumas fils me fasse,
Répondit Casimir, aujourd'hui, s'il te plaît?

Le soleil sur nos fronts fait éclater sa joie;
L'arbre est gai, les oiseaux sont ivres d'air; l'été,
Superbe et bienfaisant, sur le pré se déploie.
Que me vient faire ici ce poëte attristé?

Il est triste! pourquoi, Seigneur? Je le demande!
Quand les roses d'avril ont germé sous ses pas,
Lorsque, tournant vers lui ses regards en amande,
La fortune toujours prit soin de ses repas.

— C'est vrai, fis-je. De quoi se plaint-il? Tous ses drames
Sont acclamés. Sa vie est tout miel et douceur;
Il n'a pas d'envieux. Ceux que nous admirâmes
L'admirent. Hamburger l'appelle un grand penseur.

Nul critique hargneux et chagrin ne le nie,
Il a tous les bonheurs voulus et jalousés :
Le sort, pour lui, jamais n'eut la moindre ironie;
Que de gants sans couture à l'applaudir usés!

Il est riche, il est jeune, et pourtant l'amertume
Perce dans chaque mot qu'il prononce; on dirait,
Quand il foule, en passant, nos trottoirs de bitume,
Un Manfred échappé de sa noire forêt.

Si les heureux du monde ont ainsi la tristesse
Au cœur, et si leurs yeux sont farouches, alors
Que diront donc les gueux, ceux qui n'ont pour hôtesse
Que l'étoile du soir riant de leurs efforts?

Hélas! que diront-ils, ces pauvres fils d'Icare
Que tout nouvel élan fait retomber meurtris,
Et qui, des cieux rêvés où leur esprit s'égare
Reviennent parmi nous blêmes, glacés, flétris? »

Plus pompeux que Maubant quand il fait Théramène,
Casimir s'écria : « *Ceux-là, mon fils, riront*
A tout ce qui sourit dans la nature humaine,
Au soleil, à l'air pur qui caresse leur front.

Quand soufflera sur eux le vent de la tourmente,
Ils se diront qu'il n'est pas d'éternels hivers;
Qu'après le glas pesant sonne l'heure clémente;
Ils aimeront les fleurs, la musique et les vers.

Ils aimeront Margot, le jour où Cidalise
Se détournera d'eux avec son air moqueur,
Car leur âme est un champ qu'un regard fertilise;
Car le vide jamais n'a sonné dans leur cœur.

Ils aimeront la lutte et la voudront sereine;
Ils ne maudiront rien, même s'ils sont vaincus,
Et, s'ils doivent rester étendus sur l'arène,
Ils souriront encore à tous les jours vécus.

Et lorsque, par hasard, une claire embellie
Luira dans leur orage, ils en profiteront :
Ils donneront cette heure aimée à la folie;
Les ennuis, s'il en est, cette heure-là fuiront.

Ils auront, en un mot, la gaîté que dédaigne
Le sultan ennuyé, sceptiquement railleur,
Dont l'orgueil se torture à chaque instant et saigne,
C'est le lot des oiseaux, ami, c'est le meilleur! »

Là-dessus, Casimir, se drapant dans sa cape,
S'éloigna d'un air digne, ainsi qu'un bon rimeur
Happant les vers au vol et doublant son étape
En trois pas, sans souci de l'humaine clameur.

Panticosa, juillet 1868.

V.

Rondels.

I.

Pour la bonne Amie.

Venez qu'on vous baise, mon cœur,
La nuit est doucement venue
Et là-haut, derrière la nue,
La lune pâme de langueur.

Quittez vite cet air moqueur,
Çà, ne faites plus l'ingénue,
Venez qu'on vous baise, mon cœur.

Oui, non, suis-je votre vainqueur?
Pourquoi donc tant de retenue?
Avez-vous peur que diminue
Ma tendre et constante vigueur?
Venez qu'on vous baise, mon cœur.

II.

Sur Thérèse.

Thérèse est blonde, elle a raison.
Avec ses sourcils noirs, Thérèse
A la lèvre couleur de fraise,
Et puis des jasmins à foison.

Sa poitrine dans la prison
De la chemise bat à l'aise.
Thérèse est blonde, elle a raison.

On aime à lui parler, mais on
Craint ses yeux ardents comme braise.
Moins qu'une fauvette elle pèse :
Son babil emplit la maison.
Thérèse est blonde, elle a raison.

III.

La Route à suivre.

Allons avec les amoureux,
Leur route est la meilleure encore.
Quand en avril le ciel se dore,
Quand l'oiseau chante, c'est pour eux.

Surchargé d'ennuis ténébreux,
Mon cœur à l'espoir veut éclore,
Allons avec les amoureux.

La haine, les soucis véreux,
Cela nous ronge et nous dévore.
Au bois que le printemps décore
Les ramiers sont vraiment heureux.
Allons avec les amoureux.

IV.

Les Moineaux.

Qu'ils sont jolis, les moineaux francs,
Les effrontés, que je les aime!
Peuple insoucieux et bohème,
Ils sont crânes et conquérants.

Petits, ils se moquent des grands.
Ils nargueraient l'aigle lui-même,
Qu'ils sont jolis, les moineaux francs!

Sous les vastes cieux transparents
Que la nuit d'étoiles parsème,
Le rossignol dit son poëme.
Gavroches au soleil errants,
Qu'ils sont jolis, les moineaux francs!

V.

Dans la Coulisse.

Scapin, mets ton habit rayé.
Pour te voir les poings sur les hanches
Arpenter à grands pas les planches,
Ce soir les bourgeois ont payé.

Le gai printemps s'est déployé,
Tendre et reverdissant les branches;
Scapin, mets ton habit rayé.

Pourquoi donc cet air ennuyé?
La coquette aux yeux de pervenches
A, de ses petites mains blanches,
Fait saigner ton cœur effrayé;
Scapin, mets ton habit rayé.

VI.

Envoi

A Valéry Vernier.

Vive la Muse et les rimeurs!
O mon ami, nous sommes sages
De fuir dans les bleus paysages
La prose vaine et ses clameurs.

Aimons les gentils écumeurs
De lys, d'étoiles, de feuillages.
Vive la Muse et les rimeurs!

Pour les donner aux imprimeurs,
Écrivons nos vagabondages
Sans fin au pays des nuages.
S'il ne faut plus rimer, je meurs.
Vive la Muse et les rimeurs!

Bayonne, novembre 1867.

VI.

Lamento.

A Armand Gouzien.

Le ciel ne se fait plus rôtisseur d'alouettes
Depuis de nombreux jours,
Et nous chantons en vain sur nos lyres muettes
Des chansons pour les sourds.

Nos paletots s'en vont, combattants d'un autre âge,
Vers des bords inconnus.
Et nos chapeaux rasés comme un dernier outrage
Font voir nos crânes nus!

Rien de cela n'est gai, surtout lorsque les choses
Se compliquent encor
Par les méfaits nombreux d'une amante aux doigts roses
Éprise d'un ténor.

Sa lèvre était divine et, par son abondance,
Son corsage étonnait;
Mais ses cheveux crêpés conviaient à la danse
Les fleurs de son bonnet.

Le bonnet a dansé comme dansent les gueuses
Qu'on rencontre à Bullier,
Si bien qu'il a sauté, dans ses valses fougueuses,
Par-dessus l'espalier.

O dieux! quel front charmant. Sa bouche fraîche et ronde
Riait d'un air divin,
Et jamais on n'a pu voir de tête aussi blonde...
— Tiens! parlons de Havin.

Jure-moi que l'esprit français dans sa boutique
A trouvé le trépas;
Débinons entre nous cet homme politique
Que je ne connais pas. —

J'ai la rose en horreur, car sa lèvre était rose,
Et je hais le jasmin,
Car sa blanche couleur, sur qui l'œil se repose,
Est celle de sa main.

Hélas! elle a donné tout cela, ma compagne,
Entièrement donné.
Hélas! pour l'anneau d'or du comte de Saldagne,
Je suis abandonné!

Verse des pleurs, mon frère, imite les fontaines
Qui sont dans leur emploi;
Quant à moi, je poursuis mes courses incertaines
Au hasard, devant moi.

Ah! si j'étais bâtard d'un roi de la finance,
Comme avec volupté
Je saurais mettre un terme à la longue abstinence
Dont je suis embêté!

Hélas! je ne suis rien que le fils d'un gendarme
Et je rime des vers!
Sûr moyen pour offrir contre mes mœurs une arme
Au peuple des pervers.

Non, sérieusement, toute chose me navre;
Sans femme, sans un sou,
Je suis joyeux autant que peut l'être un cadavre
Dans le fond de son trou.

Eh bien, abuse un peu de la vaste influence
Que t'accordent les grands,
Et par un sénateur d'une belle nuance
Fais-moi prêter cinq francs!

Sézanne, juillet 1863.

VII.

Gautier à l'Académie.

L'Académie était une masure au centre
De la ville. Paris la portait sur son ventre
Comme on porte un bijou grotesque au bal masqué,
Un sarcophage obèse ayant l'air efflanqué ;
Les degrés étaient vieux et la porte était laide.
Quand Alphonse Lemerre, en notre siècle l'aide
Et le Vincent de Paul des rimeurs, entra pour
Insulter le portier qui balayait la cour,
Il vit un homme noir qu'il prit pour un notaire.
Cet homme était bien mis et d'un aspect austère :
Gilet noir, habit noir, souliers noirs, pantalon,
Chapeau, tout était noir, moins la cravate. L'on
Se disait : « Maître un tel ! » En le voyant, Lemerre,
Sans même l'honorer d'un bonjour éphémère,
Lui dit : « Hé ! Plumitif, montre-moi le Portier...
— C'est à droite, fit l'homme avec douceur.

— Gautier !
Quoi ! s'écria Lemerre, est-ce vous ? Vous qu'on nomme
Dans le camp romantique un vaillant, un prud'homme ?
Vous, le beau chef de clan, c'est vous qu'ainsi je vois
Venant piteusement solliciter les voix

De ces spectres que l'aube atrophie et menace?
Seigneur! quand je vous vis, moi, libraire au Parnasse,
Vous étiez le Gautier héroïque et puissant,
Le maître chevelu, le lion rugissant;
Vous n'aviez, ô Gautier! qu'à publier un livre
Pour que dans tous les rangs de la presse on fût ivre.
Baudelaire chantait votre nom; Saint-Victor
Admirait votre front de Jupiter Stator;
Banville vous jetait des roses au passage;
Vous étiez l'impeccable et le souverain sage;
Même les gens obscurs qu'épouvantent les vers,
Les Veuillot, les Magnard, tous ces êtres pervers
Devant vous refermaient en grognant leur mâchoire,
Tant vous apparaissiez comme dans une gloire.
Hugo planant, superbe, auguste et radieux,
Dans l'azur idéal où sont les demi-dieux,
Vous étiez le premier de tous. Votre bannière
Faisait rentrer les vieux d'à côté dans l'ornière.
Ah! vous étiez vraiment un Gautier flamboyant;
Et qui vous avait vu s'en revenait ayant
La joie au cœur et prêt à braver les tempêtes. »
Gautier dit : « *Je n'étais là que chez les poëtes.*

— *Mais, fit Lemerre, quoi? Que s'est-il donc passé?*
J'arrive et je vous vois tout roide et compassé,
Parlant bas, tout de noir habillé, l'air timide
D'un enfant qui revêt sa première chlamyde,
Faisant rimer tambour *avec* gouvernement,
Vous dont la rime avait l'éclair du diamant!

Vous trouvez tout aimable, et vous vous laissez dire
Par tous ces refroidis indignes de vous lire :
« *Ah! jeune homme, c'est vous! Bien, je sais ce que c'est!* »

— *Fils, dit Gautier, je suis maintenant chez Doucet.* »

Beaumesnil, mars 1870.

VIII.

Santissimo Carnevale.

C'est bien, nom d'un polichinelle!
Les cœurs deviennent d'amadou :
Voici qu'en la ville éternelle
Saint Veuillot court le guilledou.

L'ombre de Chicard se profile,
Saint-Pierre, sur ton escalier,
Et le sacré conclave file
Chercher la lumière à Bullier.

Zut pour le concile! — Clodoche
Au cardinal Antonelli
Vient de flanquer une taloche
En l'appelant : « *Mon Bengali!* »

Muse! le carnaval de Rome
Agite ses grelots, viens-t'en :
A coups de bonbons on assomme
Gilles, marchands d'orviétan.

Déguisons-nous ; dans la cohue
Courons avec les masques... mais
Quel est ce fantoche qu'on hue?
Tu ne devinerais jamais.

C'est notre cher Veuillot lui-même!
Les pois secs ont crevé son loup.
Il crie : « Eh! viens donc, face blême! »
Au camarade Dupanloup.

Veuillot danse! Veuillot s'amuse!
*Puisqu'il l'écrit à l'*Univers,
La chose est véridique. O Muse!
Je crois qu'il marche de travers.

Il gambade, il est écarlate,
Il fume dans un calumet ;
Arlequin sur son omoplate
Saute! Veuillot a son plumet!

Avec des gestes déshonnêtes
Et de bruyants éclats de voix,
Il récite à des Marinettes
Un tas de madrigaux grivois.

*L'*Angelus *sonne, lent, austère;*
Lui, secouant son tibia,
Chante les Pompiers de Nanterre
*Qu'il prend pour l'*Ave Maria.

Singeant une attitude équestre
Sur l'épaule de Frétillon,
Il cherche à conduire l'orchestre
En agitant son goupillon.

« Le concile, c'est des bêtises,
Dit-il à Nérine. L'amour
Vaut mieux auprès des verts cytises
Où broute le bouc tout le jour.

Nérine, viens, ô ma folie!
Sois mon guide, sois mon flambeau!
Nous affranchirons l'Italie.
Je suis grêlé, mais je suis beau.

Vive Garibaldi! je l'aime!
Noble cuir que mon poing tanna,
Je lui donnerai ce soir même
La revanche de Mentana!

Labre est un gâteux. Qu'on le mène
Bien vite au bain à quatre sous.
Quant aux miracles de Germaine...
Je t'en montrerai les dessous!

Ça m'embête, toutes ces frimes,
Et je veux les répudier.
Je vais jouer les pères-grimes
Dans la troupe de Meyñadier.

Oh hé! partant pour la Syrie!...
Je m'amuse comme un préfet
Et veux te donner, ma chérie,
Le beau portrait que Gill m'a fait!

Il est plein d'une grâce étrange :
Deux ailes aux blancheurs de lin
Ornent mon dos. J'ai l'air d'un ange
Dressé par Rossignol-Rollin. »

C'est ainsi qu'au milieu des masques
Veuillot marche sur les deux mains,
Et, par ses harangues fantasques,
Étonne les fils des Romains.

« *Veuillot, cela me désespère,* »
Lui dit le pape, par instants,
Et Veuillot répond au saint-père :
« *Bah! la jeunesse n'a qu'un temps!* »

Beaumesnil, mars 1870.

IX.

Qu'est-il devenu?

Canaris! Canaris! nous t'avons oublié!
VICTOR HUGO, *Chants du Crépuscule.*

« *Nuages qui passez, répondez-nous! réponds,*
O pêcheur à la ligne installé sous les ponts!
Fleuve, réponds! Réponds, bois! Réponds aussi, pierre,
Qu'est devenu Sipière?

Nous avons, comme en juin, comme en octobre, été
Sublimes, assommant les gens avec gaîté,
Cassant les bras, cassant les têtes, pleins de zèle,
Sans craindre de salir nos gants de filoselle.

Hélas! où donc est-il celui qui décuplait
Notre ardeur au travail? Répondez, s'il vous plaît,
O prélats assemblés, trône où s'est assis Pierre,
Qu'est devenu Sipière?

Nous avons arrêté des écrivains, des scieurs
De long, des menuisiers en chambre, un tas de sieurs,
Dont le dénombrement fatiguerait Homère,
De la Villette jusqu'en ton sein, rue Aumaire!

Mais notre Manteau Bleu nous manque. Avons-nous eu
Moins de flair? Le complot lui sembla mal cousu
Sans doute. Du Miral, ouvre-nous ta soupière
Pour y chercher Sipière.

Nous sommes les sergents de ville, les agents
De la force, aux regards froids et décourageants.
Impartiaux, la Loi, pour nous c'est la consigne;
Le Code : être carrés dans les rapports qu'on signe!

Et nous avons été carrés, plus que Michel.
Les cieux interrogés dans les tubes d'Herschell
Ne nous découvrent rien. Mais dans quelle taupière
Se cache donc Sipière?

Nous laissons opérer doucement les filous,
Ceux que Dieu fit renards comme ceux qu'il fit loups;
Car il faut débrouiller tous les fils qu'on pelote
Pour enlacer Paris dans l'ombre où l'on complote.

Il ne nous a pas vus à l'œuvre cette fois!
Le faudra-t-il filer? *Où donc est-il? à Foix,*
A Nice, à Carpentras, à Vesoul, à Dampierre?
Où donc trouver Sipière?

Nous avons bien agi cependant. L'ouvrier
Se souviendra longtemps du second février,
Car nous avons donné si fort à la Chapelle
Que notre noir bicorne, ainsi qu'un vieux chat, pèle.

Nous sommes le barrage, après la crue ôté,
Qui préserva Paris des flots. O cruauté
Du Destin qui nous taille une telle croupière !
Pourquoi céler Sipière?

Oh! les dix mille francs d'antan! Vingt sous à l'un,
Cent sous à l'autre, assez pour aller à Melun
Manger une friture à l'ombre un clair dimanche
Et reposer nos bras qu'un dur labeur démanche.

Reviens pour nous donner du courage à la main,
Toi, notre guide aimé, notre étoile, où demain
Planera sur ton front l'ombre de Robespierre!
Chasse-la, bon Sipière!

A-t-il fait pacte avec les fils de Madian?
Est-il républicain? serait-il fenian?
Non! c'est à peine si l'allumette amorphe ose
Même en rêve éclairer cette métamorphose!

Dans les bouchons où l'on donne du thé sans thé
Nous buvions si gaîment jadis à ta santé!
Sont-ce les cuirassiers, ces traîneurs de rapière,
Qui t'ont séduit, Sipière?

Reviens, nous avons soif, arroser notre bec.
Mais quoi! c'est comme si nous jouions du rebec;
Rien ne vient; nous séchons sous nos rudes écorces...
O du Chaillu! l'Afrique est dans nos gosiers corses!

Écus, même du pape, écus que l'on troquait
En chœur sur le comptoir d'étain du mastroquet,
Tout en faisant de l'œil à la brune tripière,
Où vous garde Sipière?

Ainsi donc tout s'en va : religion, pudeur;
Sipière, qui l'eût dit, trompe notre candeur.
Que veut-on maintenant, terre et cieux, que l'on fasse?
Grande ombre de Javert, oh! voile-toi la face! »

Tel chantait sur un banc un agent enrhumé,
Mais rien n'attendrissait, ni son nez enflammé,
Ni son œil ému, ni les pleurs de sa paupière,
L'insensible Sipière!

Brionne, mars 1870.

X.

Mademoiselle Giraud.

L'autre soir, dans une avant-scène
Du Gymnase, j'ai, de mes yeux,
Vu, montrant sa pâleur malsaine,
Une femme à l'air soucieux.

Et j'ai, non sans quelque surprise,
A ses yeux noirs, tel qu'un brûlot,
Droite en sa toilette cerise,
Reconnu ta fille, ô Belot!

C'était bien elle (dix-huitième
Édition chez E. Dentu)
Mademoiselle Giraud, même
Port impérieux, œil battu.

Mais les traces de la brûlure
Que laissent les pleurs enflammés
La marbraient. Dans sa chevelure
Des fils d'argent étaient semés.

Elle était, vieillesse précoce,
Qu'à peine la poudre de riz
Masquait, plus sèche qu'une cosse
Après le marché de Paris.

Le Temps d'un effrayant coup d'aile
L'avait effleurée en son vol.
Cependant je m'approchai d'elle
Comme pour causer de Landrol.

Seigneur! comme elle était changée
Cette dame aux goûts dissolus!
N'était sa prunelle enragée
On ne la reconnaîtrait plus!

Vierges que notre Baudelaire
Montrait, dans son rhythme d'airain,
Expirantes sous la colère
D'Éros, jaloux et souverain;

O Faunesses et Satyresses
Gardant sous la fraîcheur des bois
L'ardeur des torches vengeresses
Qui brûlaient vos cœurs aux abois;

Poëtesses de Mitylène
Qui chantiez vos odes auprès
De la mer folle, et dont l'haleine
Ardente embrasait les cyprès,

Était-ce vous, cette bourgeoise
Qu'on eût dite remorquée où
Vont les notaires de Pontoise
De l'hymen serrer le licou?

Elle me conta son histoire
Et comment elle avait quitté
Son nom, par ennui de la gloire,
Pour celui de MAJORITÉ.

Son époux, un jeune homme austère,
Raide sur l'article des mœurs,
Était un certain MINISTÈRE,
Que n'effrayaient pas les clameurs.

Tout d'abord, son humeur jalouse
Avait soupçonné, bien à tort,
Des hommes en casquette, en blouse,
Des Gambetta, des Rochefort.

« *Je riais, me disait la dame,*
En le voyant, dans sa fureur,
Crier ainsi qu'un cerf qui brame,
Et je prolongeais son erreur.

Hélas! dans mon rêve endormie,
Je fus réveillée un matin,
Il me sépara de l'Amie
A qui m'a jointe le destin.

Et j'ai dû, cédant à la force,
Souriant à travers mes pleurs,
Consentir à l'affreux divorce
Qui brisait nos deux âmes sœurs!

Mon époux maintenant m'achète
Pour me plaire un tas de chiffons:
Mais, chut! je sais une cachette
Dans les départements profonds,

Où, fureur ministérielle,
Je te braverai près de ma
CANDIDATURE OFFICIELLE,
L'ange dont l'amour me charma,

L'être dont le regard m'enivre,
Pur comme un lac aérien,
Et sans qui, renonçant à vivre,
Je pâlis et ne suis plus rien!

Mais elle m'attend, mon idole,
Là-bas, au delà de Cognac,
Elle m'ouvre les bras, j'y vole
Chez mon bon oncle Cassagnac.

Bernay, avril 1870.

XI.

Églogue.

ROUHER, OLLIVIER, BELMONTET.

Le crépuscule vient et l'astre impérial
Se couche à l'horizon d'un air tout spécial.
Sa lueur dore encor le chaume de l'étable
Où le veau de Calvet pousse un cri lamentable.
Calme aux cieux et sur terre! Heure d'apaisement
Où l'on entend, mêlés au doux bruissement
Du feuillage à venir, ces mots : « A la clôture! »
Tout repose et sourit dans l'immense nature,

Et respirant en paix, loin des regards méchants,
Ollivier et Rouher, ces héros de mes chants,
Fument leur pipe, assis à l'ombre des guérites.

Pour décerner le prix qu'on doit à leurs mérites,
Ayant levé le ban avec l'arrière-ban
Des gens doctes, ils ont choisi dans Montauban
Le sage Belmontet, Palémon de nos âges,
Et leurs chants alternés charment les paysages.

Rouher.

O divin Belmontet, l'abeille de Platon
Dès le berceau baisa tes lèvres, nous dit-on.

Ollivier.

Luce de Lancival tressaille dans sa tombe
Chaque fois que ta rime au bout d'un vers retombe.

Rouher.

Sois juge entre nous deux et dis-nous sans gauchir
Celui devant lequel le genou doit fléchir.

Ollivier.

Dis-nous celui qu'un dieu dans tous ses vœux exauce
Et qu'un juste renom jusqu'aux astres exhausse.

Rouher.

Schneider m'en est témoin, jamais je ne manquai
D'aplomb. Nul ne me vit un jour interloqué;
Nul n'a su mieux que moi, dans cette époque terne,
Dire qu'une vessie était une lanterne.

Ollivier.

Moi j'ai trouvé le truc de la démission
Offerte à tout propos; la bénédiction
Paternelle tombant d'en haut sur ma calotte
Et touchant Darimon jusque dans sa culotte.

Rouher.

Mes discours résonnaient comme sur un billot.
On disait de moi : « Non mutatus a *Billaut!* »

Ollivier.

Moi, ma phrase glissant sournoise et clandestine
A le tranchant qu'Heindreich veut à sa guillotine.

Rouher.

Et ma sagacité profonde présuma
Que par son testament le vieux Montézuma
A Maximilien concédait le Mexique.

Ollivier.

Pour moi, sans consulter testament ni lexique,
J'ai trouvé « le complot introuvable, » ce fort
Épouvantail, et j'ai fait coffrer Rochefort.

Rouher.

Ai-je fait moins que toi coffrer de journalistes?

Ollivier.

En deux mois? Allons donc! Tiens, regarde mes listes.

Rouher.

C'est que les dieux t'ont fait venir au beau moment.

Ollivier.

Enfin j'ai rétabli notre ancien parlement.

Rouher.

S'il faut causer de ton... machin parlementaire,
Je dois, quand de ceci chacun parle, m'en taire.

Ollivier.

J'ai Piétri pour moi...

Rouher.

Je l'eus, comme l'aura
Le ministre qui doit venir quand éclora
L'aube du jour fait pour éclairer ta culbute.

Ollivier.

Ma culbute? Insensé! prends garde : je me butte
Où je suis, et ne crains ni balais ni leviers.

Rouher.

Un souffle de mistral abat les oliviers.

Ollivier.

Porte tes calembours au Sénat, dont tu scalpes
Les crânes, dénudés comme un sommet des Alpes.

Rouher.

Ton Corps législatif, quelque chose, vraiment!

Ollivier.

Et ton Sénat? Encore un joli monument!

Rouher.

Allons! pas de gros mots, marchand de bouillabaisse.

Ollivier.

Silence! porteur d'eau qui fais venir la baisse!

Le sage Belmontet.

Enfants, vos chants sont doux et ravissent mon cœur.
L'un vaut l'autre. Chacun a droit d'être vainqueur
En ce tournoi galant qui, du Havre à Mysore,
Rappelle les beaux jours chers à Clémence Isaure!
Chantez, enfants! la voix du luth mélodieux
Est douce aux empereurs comme elle est douce aux dieux.
Ollivier a la force et Rouher a la grâce.
Partagez-vous tous deux cette génisse grasse
Et ces fruits savoureux que Philémon Fouquet
(De l'Eure), un bon votant, très-fort au bilboquet,
Cueillit exprès pour vous dans sa belle Neustrie.
Pour moi, je chanterai d'une voix attendrie
Pendant que vous irez ensemble travaillant :
« Honneur à la plus belle, amour au plus vaillant! »

Beaumesnil, avril 1870.

XII.

Les Rois s'en vont.

O bonheur! plus de rois! La chose est décidée,
Rien que des empereurs. Oh! quelle veine! Ni
Hommes ni femmes, tous empereurs! Débridée,
La Révolution crie aux rois : « C'est fini! »

Les peuples sont joyeux. La tyrannie antique
A dit son dernier mot. Le Reichstag (prononcez
Sans trop d'effort) est prêt à fermer la boutique
Où les rois à tout prix se trouvaient entassés.

Les birbes du Rœmer ne se sentent pas d'aise.
Barberousse en a fait hier un calembour
Qu'envîrait Cham, et, las de ronfler sur sa chaise,
A risqué deux florins au kursaal de Hombourg,

Et même il a perdu cette somme. La banque
A payé son retour en troisième jusqu'à
Francfort, l'impériale et fière ville où manque
Maintenant le dôme où tout César se casqua.

Tous les Fritz, les Albrecht, les Rudolph chimériques,
Noms rauques qui servaient à rincer les flacons,
Gonflés de joie ainsi que de vieilles barriques,
S'accoudent sur le fer ouvragé des balcons.

Le roi Guillaume est mort. C'est l'empereur Guillaume
Qui lui succède et tient le globe reverni
De Charlemagne, et va demain, coiffé du heaume,
*Nous dire un monologue imité d'*Hernani.

Bressant le doit souffler le soir de la première.
La répétition est bonne, mais on sent
Que Wilhem dit le vers : « Et foyez la boussière
Gue fait ein embéreur! » avec un peu d'accent.

Qu'importe! Nous avons un César, quelle ivresse!
On en manquait. Vraiment rien que trois, c'était peu.
Car le sultan, que le Bosphore avec paresse
Balance, ne pouvait guère entrer dans le jeu.

Donc, réjouissons-nous! Liégeard, ô Tityre
Empirique, saisis ton luth! Manants épais,
Écoutez tous! Ainsi que chante le satyre,
« Un roi, c'est de la guerre. » Et l'empire est la paix!

Plus de guerre à présent. Chassepot, inutile,
Rentre dans ses foyers et dirige le bœuf
A travers les sillons de la plaine fertile,
Sous l'œil patriarcal du maréchal Le Bœuf.

Et nous ne voulons pas en rester là. L'Espagne
N'a pas mis à la porte Isabelle pour rien;
Voici que les cortès vont entrer en campagne
Pour se procurer un César ibérien!

Victoria se fait impératrice. L'aigle
Ne sait sur quel blason il perche maintenant.
L'empire n'allant pas sans aigle, c'est la règle,
Cet oiseau carnassier est d'un prix étonnant.

Victor-Emmanuel, empereur d'Italie,
Dit : «Mon frère» au César des Grecs. Il tend les mains
Au kaiser de Bavière, et, repentant, s'allie
Avec Pio Nono, l'empereur des Romains.

Le Danemark, empire! Empire, la Suède.
Hamburger l'annonçait au café de ce nom;
Et cet acteur, plus beau que ne fut Ganymède,
En brandissait dans l'air son casque et son pennon.

Le signal est donné. Comme en quatre-vingt-douze
L'Europe dit aux rois : « Allez-vous-en! » Bismarck,
Ce héros qu'Ollivier, notre Ollivier, jalouse,
Mit, le premier, le trait régicide à son arc.

Un Valaque est venu chercher de la garance
Dans Avignon, afin de teindre le manteau
Rouge de l'empereur qui fait son espérance.
Un empereur par bourg, par ville et par château!

Et voici qu'au moment où j'achève cette ode
Palpitante d'amour, de joie et de terreur,
J'apprends que Monaco, se mettant à la mode,
Confère au père Blanc le titre d'empereur!

Cloches, carillonnez! Tonnez, canons! l'empire,
C'est les cortéges, c'est les panaches hautains,
Les grades, les cordons où tout grand cœur aspire,
Les chambellans tenant la clef de nos destins!

O splendeurs dont l'éclat divin me ravigote,
Brillez, éblouissez-moi ces Américains
Qui mettent à leur tête un homme en redingote
Et ne sont les sujets de rien, peuples mesquins.

Renards matois ayant soin de cacher leur queue
Et qui, devant la pompe auguste de nos cours,
Disent : « Manteau de pourpre ou robe à frange bleue,
Empereur ou bien roi, c'est un maître toujours! »

Et ne comprennent pas ce bonheur ineffable
De pouvoir contempler en regardant le ciel
Son empereur vêtu comme un dieu de la fable,
A cheval sur le Louvre en bronze officiel!

Serquigny, avril 1870.

XIII.

Rouher triste.

Accoudé, ce matin, devant un litre à douze,
Seul dans le cabaret,
Tordant fiévreusement un des coins de sa blouse,
Le bon Rouher pleurait.

Ce n'était plus cet aigle à la vaste envergure
Des monts neigeux sorti,
Hélas! et l'on disait, en voyant sa figure :
« Comme il est décati! »

Et certes, il l'était; des rides insensées
Se creusaient sur son front
Pareilles aux torrents où les biches pressées
Se désaltéreront.

« Il en est, disait-il, cet Ollivier! Il siége
Où siégea Colardeau;
Il peut boucler avec ses doigts couleur de neige
Les cheveux de Sandeau;

Dire à Nisard: « Mon vieux! » et d'une voix brève, entre
Ses loisirs du Creuzot
Venus, tutoyer Thiers et taper sur le ventre
Austère de Guizot.

Académicien! l'être, c'était mon rêve,
Ma chimère, mon but;
Les Immortels qui pour moi s'étaient mis en grève
L'ont pris dès son début.

Il peut mourir, il peut aller où tout retombe,
Les grands et les petits,
Son successeur doit faire entendre sur sa tombe
Quelques mots bien sentis.

Qui fera mon éloge à moi? Je me sens triste
D'y songer seulement,
Hélas! je m'éteindrai morne comme un trappiste,
Sans bruit, sans boniment!

Sans qu'on dise: «Rouher fut grand, Rouher fut digne,
Son trépas met en deuil
La France, et c'est pour nous une faveur insigne
Que d'user son fauteuil!»

Voilà ce qu'on dira d'Ollivier qui tartine
Déjà son compliment,
Fait pour causer là-haut, sans doute, à Lamartine
Un fort étonnement.

Pourvu qu'à tant d'honneurs sa cervelle résiste,
Et qu'au beau milieu du
Cénacle, il n'aille pas s'attacher à la piste
De son complot perdu.

Car il peut arriver, ma terreur en est grande,
Mais juste, qu'un matin
Il vienne requérir la prison et l'amende
Contre le doux Patin;

Qu'il appelle Doucet démagogue! La force
Étant dans son poignet,
Il va faire saisir par Cervoni le Corse
Son collègue Mignet.

Quand Legouvé, chantant le Mérite des femmes,
Nous lira quelques vers,
Ollivier s'écrîra : « Ces ouvrages infâmes
Offensent l'univers. »

L'Institut, cet asile où l'existence glisse
En charmants nonchaloirs,
Va voir soudainement les agents de police
Envahir ses couloirs.

Puis, lorsque Gambetta, terrifiant la Chambre
Par ses mâles accords,
Fera surgir le spectre effrayant de Décembre
Et vengera les morts,

Ollivier lui dira : « Cher collègue, j'admire
Votre conte badin.
Comme vous peignez bien Aglaure et Lindamire
Errant dans un jardin!

Rochefort est un homme adorable. Sa Muse
Folâtre si gaîment !
C'est comme un papillon qui dans les fleurs s'amuse
Et fuit légèrement ! »

C'est ainsi que Rouher soulageait sa belle âme
Pendant que le Printemps,
Ivre déjà d'amour, de jeunesse et de flamme,
Veillait aux nids chantants,

Et que, sans se douter qu'il existât au monde
Des Immortels palmés,
On voyait vers le bois fuir la brune et la blonde
Avec leurs bien-aimés.

Car, que maître Ollivier fasse ou non la conquête
Des vieux aux chefs penchants,
Qu'est-ce que tout cela, comme dit le poëte,
Fait à l'herbe des champs?

Beaumesnil, avril 1870.

XIV.

Confession.

Émile.

Les actions de tout grand homme
Réclament le grand jour; or comme
Je suis un grand homme, je veux
Vous faire ici tous les aveux
Qu'il vous plaira sur ma conduite;
Vous expliquer par quelle suite
De glorieux événements,
Oubliant mes commencements,
Je me suis fait ministre à poigne.
Allons! entrez vite en besogne.
Mes actes n'ont rien de secret.
Interrogez-moi : je suis prêt.

Le Chœur.

Pourquoi, fils de la République,
N'avoir pas sans manœuvre oblique
Reconnu l'Empire naissant?
C'eût été franc. Mais non, baissant
Les yeux ainsi qu'une dévote,
Tu vins surprendre notre vote,
Furtif, marchant à petits pas.

Émile.

Cela ne vous regarde pas.

Le Chœur.

Très-bien ! Mais pourquoi ces centaines
D'hommes, ô fils de Démosthènes !
Se lamentant dans les prisons ?

Émile.

Je garde pour moi mes raisons.

Le Chœur.

Quel est ce complot chimérique
Dont on rit jusqu'en Amérique,
Dédale où notre esprit se perd,
Mais qui fait l'atelier désert,
Les enfants orphelins, les femmes
Tristes près de l'âtre sans flammes,
Et l'innocent aux fers jeté ?

Émile.

C'est trop de curiosité.

Le Chœur.

Et ce ministère homogène,
Où Buffet, que son habit gêne,
Dit à Daru : « Si nous filions ? »

Émile.

Ayant la force des lions,
Je méprise comme eux la meute
Des roquets que mon calme ameute.

Le Chœur.

Mais ces promesses magnifiques,
Ces lois sages et pacifiques
Dont chacun se léchait les doigts :
Sécurité pour tous, nos droits
Reconnus, et la presse esclave
Secouant sa dernière entrave?
Quand aurons-nous la liberté?

Émile.

A Pâque ou à la Trinité.

Le Chœur.

Ces explications sont franches
Et font pousser des ailes blanches
Sur ton dos séraphique; mais
Nous griser avec les fumets
Des plats qu'on mange ailleurs, nous tendre
La perche et puis nous la reprendre,
Et faire briller à nos yeux
Un miroir artificieux,
Sont-ce là des moyens honnêtes?

Émile.

Je me drape dans mes lunettes.

Le Chœur.

On se drape dans ce qu'on peut.
Mais qu'est-ce, ô toi que rien n'émeut,
O le plus joli des quarante,
*Que l'*ACTIVITÉ DÉVORANTE
Que les préfets vont déployer?

Émile.

Vous commencez à m'ennuyer.

Le Chœur.

Nos députés s'en allant paître
Auprès de leur garde champêtre,
Cela nous semble inquiétant.
De tous les côtés on entend
Dire que la candidature
Officielle, qu'en pâture
On nous donna le dernier mois,
Va refleurir ainsi qu'au bois
La violette et la pervenche.

Émile.

Dans le dédain je me retranche.

Le Chœur.

Le Plébiscite, grâce auquel

Tu pus citer Machiavel,
Et d'autres cascadeurs! j'implore
Sur cette chose au nom sonore
Quelques mots d'éclaircissement.

Émile.

Attendez un autre moment.
Ma conduite est nette et loyale.
Dans ma franchise impériale
J'ai tout expliqué, mis à jour:
Maintenant, c'en est assez pour
Aujourd'hui. Que l'on se retire!

A Phillis, qu'on n'a pas encore vu.

Et si le public ose dire
Qu'il n'en a pas pour son argent,
Ma foi, c'est qu'il est exigeant.

PHILLIS applaudit. La farce est jouée.

Honfleur, mai 1870.

XV.

Faits regrettables.

Monsieur Glandaz l'a dit : « C'est un fait regrettable ! »
C'est convenu. Voilà
Le mot qui doit couvrir d'un voile respectable
Les maux qu'on dévoila.

Crimes, fléaux sans nombre étalant sur la terre
Leur aspect repoussant,
La trahison, le meurtre effroyable qu'altère
Chaque verre de sang,

La guerre aux noirs clairons sonnant avec démence
L'incendie et la mort,
Les peuples s'égorgeant dès que le jour commence,
Gaîment et sans remord,

Faits regrettables, rien de plus ! Ce n'est sans doute
Pas cela qu'on voudrait ;
On souhaiterait mieux peut-être sous la voûte
Où le soleil paraît.

Le code du bon goût, consulté sur ces choses,
Vous répondrait que l'on
Permet fort rarement des jeux aussi moroses
Dans un noble salon ;

Mais que si, par hasard, quand sous les girandoles
Vous réunit l'Hiver,
Quelqu'un lâche parmi les chants, les danses folles,
Un coup de revolver,

Ou chourine un voisin en se mettant à table
Pour une mouche, eh bien,
Il en faut convenir, c'est un fait regrettable;
Mais qu'y pouvons-nous? — Rien.

Donc soyons tous joyeux maintenant. Plus de crimes,
De misère : des faits
Regrettables! Glandaz, d'un seul mot tu supprimes
Le mal et ses effets.

On étouffe à Mazas; des pères de famille
Sanglotent loin des leurs:
Sans doute, c'est fâcheux; mais la vie en fourmille
De ces petits malheurs!

La faillite menace et l'huissier noir s'apprête,
Mais qu'est cela si l'on
Réfléchit que Haussmann pour reposer sa tête
N'a pas un moëllon

Dans Paris, et qu'il doit établir sa masure
Sous des cieux étrangers
Dont le reflet, changeant la mer en lac, azure
Le pied des orangers!

C'est un fait regrettable aussi. Les baronnies
Antiques subissant
Les jeux du sort et les farouches ironies
Du mistral mugissant!

Le Saint-Père devient faux monnayeur, et certe!
C'est, je l'avoue, un fait
Regrettable. Veuillot même a la bouche ouverte
Pour répondre : « En effet! »

Magnard n'est pas Flaubert. C'est un fait regrettable,
Regrettons-le! Barbey
Dit : « Ce Victor Hugo, si triste et lamentable,
C'est moi qui le tombai! »

Penoutet, que la Lyre auguste et la Peinture,
Ces arts associés,
Adoptaient, passe, grâce à sa haute stature,
Parmi les cuirassiers,

Et Sardou, maîtrisant la chimère suivie
Avec des rênes d'or,
Pioche et crève le cœur enfiellé de l'envie;
Fait regrettable encor!

Le prince impérial répétant On demande
Un gendre, *chez Plunkett,*
Par Kalekaire s'est vu flanquer à l'amende :
On regrette ce fait.

C'est bien! le président aujourd'hui n'intimide
Plus le pâle accusé;
Il passe sur ses yeux même un mouchoir humide
Et par les pleurs usé.

La justice n'a plus son appareil terrible,
Elle est douce, et son air
Ne te causerait plus une angoisse terrible,
O bon Casque de fer!

Le vieux palais en rose a peint sa robe grise,
Le président est doux
Et dit au prévenu, quand il prend une prise:
« Civette. En usez-vous? »

Mais un fait regrettable encore et qui m'oppresse,
Moi, si conciliant,
C'est qu'on ne songe point à donner à la Presse
Un juge aussi liant.

Évreux, mars 1870.

XVI.

Parades de la Foire.

À Bernay, le pays du cidre et des chevaux,
C'était hier la foire fleurie.
Les pitres dévidaient sans fin des écheveaux
D'éloquence avec crânerie.

Le temps était superbe. On eût dit que, honteux
De n'être pas plus en avance,
Le soleil réparait son mois de mars piteux :
On avait un ciel de Provence.

Les caisses résonnaient. Fanfares, boniments
Se croisaient, se mêlaient. La femme
Colosse avec candeur montrait ses agréments
Prodigieux que rien n'entame.

On voyait des Troppmann en cire, les uns blonds,
Les autres bruns, tous authentiques!
Ressuscités, parfois de vieux chapeaux tromblons
Circulaient devant les boutiques.

C'était un bruit joyeux. Cependant, à l'écart,
Un vieux pitre au visage austère,
Voyait, bien qu'il parlât au public avec art,
Sa devanture solitaire.

On fuyait sa baraque, et vers l'escamoteur,
Le singe qui joue à la boule,
La curiosité, ce terrible moteur,
Entraînait la bruyante foule.

Moi, saisi de pitié pour ce déshérité,
Et me sentant le camarade
De tous ceux qui, sur les tréteaux sans dignité,
Font cyniquement la parade,

Ou composent des vers, je m'approchai de lui
En lui disant : « Sois explicite,
Que fais-tu voir? » Le pitre avec un air d'ennui
Me répondit : « Un Plébiscite!

C'est un bel animal, fort curieux. Marc-Pol,
Dont l'œil vit des coquecigrues,
N'a rien vu de tel. C'est unique sur le sol
Même des choses incongrues.

Avant ça, je montrais au public un complot
Unique aussi, taillé dans une
Noix de coco par les sauvages ; mais mon lot
Est de ne pas faire fortune.

Bien qu'il eût un faux air de monstre japonais,
Qui faisait tomber en syncope,
On restait froid devant mon complot, qu'aux benêts
Je montrais sous un microscope;

Je n'ai pas fait mes frais avec lui. Le voilà
Derrière cette vieille malle,
Oublié; triste objet dont à peine on parla
Comme d'une chose anormale.

Quant à mon Plébiscite, il est tout neuf. Voyez,
N'est-ce pas chose surhumaine?
Cet air de sphinx, ces yeux dans le ciel fourvoyés...
Que pensez-vous du phénomène?

Nous avions le poisson parlant. Mais c'est bien mieux,
Miracle digne des apôtres!
Celui-ci ne dit rien, reste silencieux,
Et sait faire parler les autres.

Et vous pouvez répondre à votre guise : Oui
Ou Non *à ce qu'il vous demande.*
C'est verjus ou jus vert. Il en est réjoui,
Et vous payez toujours l'amende.

C'est un caméléon aux diverses couleurs,
Que l'on peut voir noir, blanc ou rouge,
Qui rit en même temps qu'il semble fondre en pleurs,
Et cependant jamais ne bouge;

C'est bien ce que l'on peut voir de plus amusant
Dans les baraques de la foire.
Mais je ne sais pourquoi, Monsieur, chaque passant
Me dit : « Je connais cette histoire! »

J'allais voir. Quand soudain, me prenant par le bras,
Tout en écrasant ma chaussure,
Un de mes amis vint qui me dit : « N'entrez pas
Ici, c'est de la roustissure :

Le monstre est en carton. On a pour le décor
Peint à la colle de vieux linges;
Singes pour singes, mieux vaut aller voir encor
Là-bas les véritables singes,

Ceux qui grattent avec des gestes de héros
Les puces de leur gueule bleue,
Et font passer sous leurs habits de généraux,
Ainsi qu'un panache, leur queue. »

Lisieux, avril 1870.

XVII.

Comité d'Albuféra.

I.

Oh! laissez-moi chanter, Seigneur! laissez ma joie
Déborder en torrents cascadeurs. O mon ode,
Dis en vers féminins l'extase où je me noie,
Et l'orgueil qui me fait plus fier qu'un voïvode.

Et toi, prote indompté, laisse ma villanelle
(Qui d'ailleurs n'en est pas une) courir à l'aise,
Car je célèbre ici ma gloire personnelle
Et j'en prends en oubli les baisers de Thérèse.

Gloire, spectre adoré! Non, tu n'es pas un leurre,
O chimère à travers les astres poursuivie,
Puisqu'on parle à présent des députés de l'Eure
Pour la première fois de leur illustre vie;

Oh! comme je souffrais de leur âpre silence
Et de l'obscurité farouche dans laquelle
Ils se drapaient, muets jusqu'à la violence,
Aimant la violette et vivant avec elle.

Par un miracle dû sans doute à Notre-Dame
De la Couture, l'un des quatre — ils étaient quatre!
Qui l'eût dit? — sort de l'ombre, et voici qu'on l'acclame,
Et des langues de feu sur lui viennent s'abattre.

O Guillaume Petit! Et toi d'Arjuzon vague,
O Philémon Fouquet, ô mes gas! quelle ivresse
Lorsque d'Albuféra, plus fougueux que la vague
Des mers, a vu son nom déborder sur la Presse!

Jusqu'ici, comme vous, ô mes compatriotes,
Nul ne le connaissait, hors le garde champêtre
Et monsieur le préfet. Les foules idiotes
Ne savaient même pas qu'il eût pris soin de naître.

Mais aujourd'hui, Mackau le jalouse. Il est même
Plus connu que Mackau ne le fut. Mackau reste
Célèbre, mais passif; l'autre est actif. On l'aime
De ne rien redouter, pareil au jeune Oreste.

Il s'est mis en avant, d'Albuféra l'antique,
Dont le nom faisait croire en ce siècle frivole,
A quelque alcade ou quelque amoureux fantastique
D'une zarzuela drapée à l'espagnole.

II.

O neige des pommiers en avril odorante,
Embaume l'air! Voici que pour écraser l'hydre
De l'anarchie, avec une ardeur dévorante,
D'Albuféra la met sous une vis à cidre.

Son nom flotte vainqueur sur les flots populaires,
Sans doute saint Taurin de ce miracle est cause
Et lui dicte tout bas ces tas de circulaires
Qui colorent les cieux d'azur vif et de rose.

Étables où l'espoir de la race porcine
Fouille le sol, vallons verdoyants de la Risle,
Notre d'Albuféra maintenant se dessine
Carrément dans les plis de sa robe virile,

Et l'attendrissement m'envahit et j'en pleure,
Car sa gloire me fait aussi glorieux, comme
Citoyen de ce fier département de l'Eure
Qui peut, sans éclater, contenir un tel homme.

Ah! que le Plébiscite avorte ou qu'il en sorte
Quelque chose de grand, d'inconnu, de fantasque,
D'Albuféra surgit, grâce à lui. Que m'importe
Le reste? Emporte-le dans ta course, ô bourrasque!

Que le vote soit pur ou qu'on nous l'escamote,
Pourquoi nous occuper des manœuvres qu'on trame?
Pompiers issus des flancs de Janvier de la Motte,
D'Albuféra célèbre emplit assez notre âme.

Formes que le brouillard des matins gris estompe,
Nos autres députés, ces frêles apparences,
Comme la fleur s'ouvrant au soleil qui la pompe,
S'enivrent de sa gloire et font des conférences.

« *Vive d'Albuféra!* » *Chantent les primevères;*
« *C'est un autre Ollivier,* » *dit la pâle églantine.*
Les êtres endormis encor dans les ovaires
L'applaudissent déjà de leur voix argentine.

Et moi j'ai tressailli follement d'allégresse,
Car je n'ai plus besoin d'aller par les Bohêmes
Pour trouver un héros auquel on s'intéresse,
Puisque d'Albuféra peut emplir des poëmes!

Et c'est pourquoi j'ai pris à Banville ce mètre
Où les rimes du sexe enchanteur, sans mélange
Se croisent, sans vouloir aucunement permettre
Au mâle impur d'entrer dans leur blanche phalange,

Estimant que ce rhythme est assez héroïque
Pour l'humble Childebrand jusqu'à présent si sage,
Qu'on a ces jours derniers posé, grave et stoïque,
Sur le socle en carton des héros de passage.

Le Havre, mai 1870.

XVIII.

Le Melon de Gill.

Ah! tout ment sous les cieux, et les plus saintes choses
Cachent un piége compliqué.
Tu n'es qu'un mot, Vertu! le ver est sous les roses,
Pas un front qui ne soit marqué.

A qui croire, Seigneur, maintenant! Toute enseigne
Est un mensonge véhément!
Dernière illusion de mon âme qui saigne,
Tu t'es enfuie en un moment.

Ah! certes, je savais la femme ingrate et fausse,
Pour en avoir souvent souffert ;
Je savais que son cœur est une immense fosse,
Un chemin toujours entr'ouvert ;

Je savais qu'on ne doit pas compter sur l'aurore,
Qu'il faut douter quand nous parlons
De courage et d'espoir, mais je croyais encore
A l'innocence des melons.

Oui, le Mal aujourd'hui, gigantesque Clodoche,
Saute sur le monde effrayé,
Puisque les melons même, endormis sous leur cloche,
Avec Dumolard ont frayé ;

Et puisque Gill, l'honneur du temps, la gloire pure
Que l'Europe nous jalousait,
Et dont nous admirions la svelte découpure
Au bois où la fraise poussait,

Gill, marqué maintenant du sceau fatal, — immonde!
Crie au ciel : « Tu me le paîras ! »
Et, sinistre, hagard, court à travers le monde,
Avec un melon sous le bras !

Eaux-Bonnes, 1868.

XIX.

Le Lys dans la Chambre.

Banville, ce porteur de lyre,
Qu'emporte son fougueux délire
Plus haut que ne monte Al-Borack,
Un jour, en fleur que voit éclore
Le pré vert baigné par l'aurore,
Métamorphosait Limayrac.

Dans une ode à bon droit célèbre,
Du Volga jusqu'au bord de l'Èbre,
Cet éblouissant racoleur
De rhythmes, de rimes dansantes,
Chantait aux Muses frémissantes :
« Si Limayrac devenait fleur! »

Mais le Dieu qui tient le tonnerre
Dit : « Il sera fonctionnaire! »
Et Limayrac, tel fut son lot,
Ne pouvant imiter Narcisse,
Alla voir faire l'exercice
Aux gardes mobiles du Lot.

Il passa, mais son auréole
Entoure le sage Dréolle.

Si Limayrac ne fut pas fleur,
Dréolle, où butine l'abeille,
A lui seul est une corbeille
Dont avril fournit la couleur.

Dréolle, exempt de toute pose,
Pour le nez et pour l'œil compose
Un parterre exact et formel.
Son nom seul parfume l'espace;
On croit voir marcher, quand il passe,
Tout l'étalage de Rimmel!

Certes, Mitchell sent bon; Auguste
Vitu vaut bien qu'on le déguste;
Cassagnac (ne pas l'oublier)
Répand une odeur pénétrante;
Revenu de Rome ou de Trente,
Veuillot est un mancenillier;

Mais le lys sans tache, la rose
De Sâron, l'idéale cause
De l'extase du rossignol,
Mais la fleur discrète qu'effeuille
Marguerite en pleurs, que recueille
Le Chartreux voisin du Tyrol,

C'est Dréolle, fleur de l'Empire.
L'aigle avec amour le respire
Et tient sa tige dans son bec;

Les Nymphes, à la fraîche haleine
De Dréolles ornant Silène,
Charmaient le statuaire grec.

Dans sa tranquille maison close,
Alphonse Karr, songeur, l'arrose.
« Versons ce Dréolle en ce vin,
En ce bon vin versons Dréolle! »
S'écrie, en son ivresse folle,
Ronsard, notre maître divin.

Et, penchés sur une cornue
Où pleure l'essence ingénue
De cette autre fraise des bois,
Schneider et le baron Jérôme
David en dégagent un baume
Dont s'oindra Clément Duvernois!

Beaumesnil, août 1870.

XX.

Question d'art.

Comme soldat on doit aimer à faire la Guerre. C'est une question d'art.

MARÉCHAL LEBŒUF.

(Séance du 23 mars 1870.)

I.

Lorsque Hoche et Marceau guidaient les volontaires
A la conquête de nos droits,
Certes, ils savaient bien, ces jeunes gens austères
Dont l'œil épouvantait les rois,
Que la Guerre est horrible, impie et monstrueuse.
Des frissons leur venaient au cœur
Quand ils voyaient le sang dont la noire Tueuse
Tache les talons du vainqueur;
Et, si la Liberté, leur tendant ses mains pâles,
N'avait crié : « Défendez-moi! »
Ils eussent retourné sur leurs pas, eux si mâles
Cependant et vierges d'effroi!
Mais ils faisaient la Guerre à la Guerre. La sombre
Furie aux âpres appétits
Était en face d'eux, lâchant du fond de l'ombre
Les rois déchus et leurs petits
Menaçant de leurs crocs la grande République,

Et ces généraux de vingt ans
Refoulaient au chenil toute la meute oblique
De ces monarques haletants.
La Guerre alors était magnifique et sereine,
La Paix marchait à ses côtés,
Et l'arbre de l'amour fleurissait sur l'arène
Où les peuples s'étaient heurtés.
C'était fier, c'était grand, et la douce Patrie
Souriait à ses beaux enfants,
Lorsqu'ils lui revenaient, front haut, âme inflétrie,
Porter leurs rameaux triomphants.

II.

Plus tard, eux disparus, lorsque survint le Corse,
Bilieux sorti des maquis,
Lorsque la Liberté, succombant sous la Force,
S'enfuit de notre sol conquis,
La Guerre, qu'on pensait à la fin muselée,
Ayant rencontré son amant,
Se remit à courir, lugubre, échevelée,
A travers le monde fumant.
Quatorze ans de massacre et de villes ouvertes
A tous les instincts destructeurs,
Les champs abandonnés, les chaumières désertes,
Les hommes changés en lutteurs,
L'incendie étendant partout ses flammes vives,
La faim, et les fleuves hagards
Qui voyaient se rougir les herbes de leurs rives,

Charriant des corps sans regards,
Firent bondir le cœur du couple épouvantable
D'un sauvage et joyeux orgueil.
Tout croulait devant eux; le palais et l'étable
N'étaient que râles et que deuil.
LUI *la baisait au front en disant : « Ma Guerrière! »*
ELLE *répondait : « Mon César! »*
Mais du moins ils avaient caché leur front derrière
Un masque pris au vieux bazar
Où tous les oripeaux acceptés par l'histoire
Pourrissaient, mettables encor.
La Guerre se cachait, disant : « Je suis la Gloire! »
On rafraîchissait le décor,
On prenait un prétexte, on dorait la pilule,
On parlait d'insulte au drapeau;
La Presse étant murée au fond d'une cellule,
O peuple, malheureux troupeau!
Tu te laissais conduire où l'on voulait, docile
Au licol, calme, sans fureur,
Et tu criais encore, ô sublime imbécile!
En mourant : « Vive l'Empereur! »

III.

Mais aujourd'hui Tartufe, au moins, ne se retranche
Plus derrière un masque menteur.
La situation claire, bien nette, franche,
Fait tomber le fard de l'acteur;
On fait la Guerre pour le plaisir de la faire,

Et c'est une QUESTION D'ART !
Plus de motifs boiteux dans lesquels on s'enferre !
Un soldat doit être un soudard,
Se battre pour se battre et s'enivrer de poudre
Sans rien demander. Son devoir
Est d'aller en avant toujours, de se résoudre
A ne rien comprendre et savoir,
Sinon que tout est bien quand des milliers de veuves
Jettent leurs malédictions
Au sombre écho des nuits, et quand, des tombes neuves
Où s'entassent les nations,
Montent vers le soleil des miasmes fétides !
Frappez ! Massacrez sans remords !
Vos généraux sont là, fortes cariatides,
Qui supportent le poids des morts ;
Et si tous ces bavards, philosophes, poëtes,
Dont la voix trop longtemps beugla,
Disent un mot, fouillez à coups de baïonnettes
Dans le tas de ces pékins-là !

IV.

QUESTION D'ART ! *ces mots ont été dits ! carnage,*
Famine, champs foulés aux pieds,
Mares de sang vermeil où plus rien ne surnage,
Question d'art pour les troupiers !
Le pays sans argent, « c'est de la politique, »
Cela ne me regarde pas.
Je suis un militaire avant tout. Ma tactique

Est d'aller toujours à grands pas.
Le Corps législatif, c'est le champ de manœuvre.
Je n'aime point les discours longs.
Le Chassepot sifflant ainsi qu'une couleuvre,
Les clairons au camp de Châlons,
Voilà ce qu'il me faut en attendant qu'on aille
Se frotter avec l'ennemi !
Les tambours, les obus, les sabres, la mitraille,
On ne respire que parmi
Leur tumulte joyeux. La France est conquérante,
Les ânes seuls vont aux moulins.
Voilà ! Ma veuve aura vingt mille francs de rente
Que lui paîront les orphelins.
Le reste, je m'en fiche! Un enfant de Bellone
Vole de succès en succès,
Ne lit pas les journaux, regarde la colonne,
Et se sent fier d'être Français!!!

V.

O *maréchal Lebœuf! ce rêve est beau, sans doute,*
Et c'est un spectacle touchant
Qu'un bataillon prenant d'assaut une redoute,
Le sabre à frapper s'ébréchant,
Turenne partant, sur l'air de la Reine Hortense,
Pour brûler le Palatinat,
Et les peuples unis dans la sainte alliance
Du meurtre et de l'assassinat.
C'est charmant, mais un peu démodé. Nous ne sommes,

O bouillant maréchal Lebœuf !
Qui faites admirer à douze cent mille hommes
Votre beau panache tout neuf,
Plus si chauvins que ça. Comme le bon duc Naymes,
Dont parle Hugo, nous voulons
Nos foyers, nos logis, nos amours. Aux soirs blêmes,
Cachant dans l'ombre des vallons
Les cadavres que laisse étendus la victoire,
Eût-elle pour nom Austerlitz,
Nous préférons les champs recueillis et la gloire
Candide des volubilis
Encadrant le jardin de Jenny l'ouvrière !
Quand nous rêvons tranquillement
Et que vient à sonner la fanfare guerrière,
Nous trouvons que c'est assommant.
Les hussards sont exquis avec leurs sabretaches,
Et le prestige des bonnets
A poil ajoute encore à celui des moustaches,
O guerrier ! je le reconnais ;
Mais j'admirais aussi Mengin sous sa cuirasse
De cuivre aux reflets éclatants.
Nos pères, dites-vous, méconnaîtraient leur race ?
Nos pères étaient les Titans
Qui prenaient la Bastille et couraient aux frontières
Crier aux tyrans : « Halte-là ! »
Et non pas ce troupeau de nations entières
Qu'un noir démon ensorcela.
Nos pères, maréchal, nos pères étaient libres,
Et c'était volontairement

Que, sentant tressaillir en eux toutes leurs fibres,
Ils portaient au Rhin allemand
Le défi que jetait la nation française
Aux ramasseurs du sceptre usé
Que Paris, sur le front pâle de Louis seize,
Un jour d'orage avait brisé!

VI.

Nous donnerons nos jours à venir avec joie
Quand la déesse Liberté,
Pour chasser le vautour qui lui ronge le foie,
Jettera l'appel irrité.
Et ceux de la Moselle, et ceux de Sambre-et-Meuse
N'auront pas à rougir de nous.
Par le soleil ardent ou par la nuit brumeuse,
Sans jamais fléchir les genoux,
Chantant la Marseillaise *et criant : « Délivrance! »*
Heureux, la gaîté sur le front,
Nous irons en avant comme des fils de France,
Et d'autres encor nous suivront.
Notre vie appartient à la Patrie auguste :
Qu'elle la réclame demain,
Nous trouverons cela simple, loyal et juste,
Et nous nous mettrons en chemin.
Mais, quant à réjouir le cirque où les Altesses
Attendent les gladiateurs
Dont le jeu, quelquefois, dissipe leurs tristesses,
Non pas : cherchez d'autres lutteurs!

Nous avons mieux à faire, estimant notre vie
Dévolue à l'humanité,
Et non pas un hochet dont joue en son envie
Un monarque en ébriété.
Votre art n'est pas le nôtre, ô vaillant militaire !
Nous sommes, nous, les travailleurs
Qui poursuivons en paix notre labeur austère,
Loin des camps et des artilleurs,
Tournant le dos à l'ombre et regardant l'aurore,
Fondant l'universel amour,
Cherchant tout ce qui peut sourire et peut éclore ;
L'alouette est notre tambour !
Nous avons en horreur la Guerre, et notre haine
Atteint l'aigle jusqu'en son œuf.
Maintenant convoquez vos héros dans la plaine
Et sabrez, maréchal Lebœuf !

Beaumesnil, mars 1870.

XXI.

Après un départ.

Insulter les vaincus est une chose lâche ;
Mais celui qui, manquant sans pudeur à sa tâche,
A louvoyé parmi toutes les trahisons,

Le renégat qui fit regorger les prisons,
L'être haineux, mauvais, que l'on prend par l'épaule
Et qu'on met à la porte un beau jour, comme un drôle,
Est-ce un vaincu? Faut-il s'incliner devant lui
Et vénérer ce front dont la rougeur a fui?
Oh! gardons ce beau nom de vaincu pour les autres
Pour les soldats tombés, les martyrs, les apôtres,
Pour tous ceux qui sont morts fidèles au serment
Jusque sur le bûcher gardant leur dévoûment.
Ne prostituons pas à l'homme qu'on renvoie
Ce titre que Barbès, avec une âpre joie,
Revendique. Laissons partir cet intendant
Sur qui son maître garde un silence prudent.
Lui, vaincu! Ce fuyard, gauche, oblique, risible!
Qu'il rentre dans cette ombre où l'on reste invisible,
Dans l'ombre du néant, et, les traits résignés,
Y compte les trois sous qu'il a si bien gagnés.
Mais si jamais, oiseau de sinistre présage,
Il se remontre à nous, rions sur son passage,
Car ce serait trop drôle, en vérité, qu'un soir,
Quand il est dans les mains de « l'homme tout en noir, »
Quand il est poursuivi par Madame Pernelle
Désabusée enfin, — fier, dardant sa prunelle
Sur Orgon dont les yeux flottent irrésolus,
Tartufe dise encor : « Respectez les vaincus! »

Beaumesnil, août 1870.

XXII.

A Monti et à Tognetti.

Quand vos têtes roulaient sur le noir échafaud
Pour vous punir d'avoir aimé votre patrie
Et de l'avoir voulue éclatante, inflétrie,
Libre sous le soleil et portant le front haut,

Le vieillard rose et gras qui succède à saint Pierre,
Le pontife sacré, l'apôtre de douceur,
Le prêtre qui jamais ne lève la paupière
Et dont l'âme à Tartufe emprunte sa noirceur,

Après avoir signé l'arrêt qui vous condamne,
Sans essuyer le sang qui rougit sa soutane,
Allait pieusement baptiser des canons.

Sa tiare brillait dans la vive lumière
Et sa bouche laissait tomber cette prière :
« Pardonnez-nous, Seigneur, comme nous pardonnons! »

Bastia, décembre 1868.

XXIII.

A Mélingue.

Après Lucrèce Borgia.

Comme on ne peut nier le chef-d'œuvre flagrant,
On change de tactique. On vous dit : — C'est trop grand,
C'est du lyrisme pur ; ce n'est pas du théâtre !
Le château du vieux Job, dans un lointain bleuâtre
Apparaît, fantastique et formidable à l'œil,
Comment le resserrer dans un décor ? Le deuil
Que traîne Saint-Vallier paraîtrait ridicule :
On n'est pas susceptible ainsi. Ruy-Blas recule
Les bornes du possible : où voit-on, s'il vous plaît,
Un enfant du pavé, moins que rien, un valet,
Être premier ministre et demeurer honnête !
Qu'est-ce que la Tudor ? une marionnette
Admirable, c'est vrai, mais qui n'existe pas.
Une reine jamais ne laisse après ses pas
Une empreinte de sang, de luxure et de boue.
Puis, après tout, comment voulez-vous qu'on les joue
Ces drames ? Où trouver des acteurs assez forts
Pour un fardeau pareil ? Ceux d'autrefois sont morts.
Or lutter avec eux serait une folie.
On y songe si peu, que même on les oublie ;
Mais l'envie, enchanteur aux grimoires savants,

Sait les ressusciter pour tuer les vivants.
Toi, bon comédien, fier pétrisseur d'argile,
Tu regardes germer ton ébauche fragile,
Puis, quand ton Histrion *surgit svelte et charmant,*
Tu retournes la tête et tu réponds : — Vraiment?

Alors on voit marcher et palpiter et vivre
Ces héros condamnés à la prison du livre :
Leur pas sonore et fier sonne dans le chemin,
Et tu fais éclater tout ce qu'ils ont d'humain.
Ta langue naturelle est cette prose altière;
Comme un prince, tu sais transformer en litière
Les fronts des courtisans à tes pieds accroupis.
Et si les rois n'ont pas ton allure, tant pis,
N'est-ce pas, don Alphonse? Et le flot populaire
Qui bat les vieux palais avec tant de colère
S'apaise devant toi, comédien aimé.
Le peuple, par ton souffle énergique enflammé,
Le peuple aime sur toi ces morceaux d'écarlate
Où tout l'orgueil des rois et des laquais éclate,
Car il te sait des siens et que tu le comprends,
Toi qui grandis parmi les Ragotins errants!

Théramène s'indigne et prétend que tu manques
De noblesse, et murmure : Oh! ces vils saltimbanques!
Laissons ce vieux pelé dans un coin, Zafari,
Ratisser noblement *son jardin défleuri;*
Mais toi que le combat livré devant les toiles
Enivre, et qui te plais aux chansons des étoiles,

Tu livres tout ton cœur au chef-d'œuvre immortel,
Et, dans ces derniers temps n'ayant vu rien de tel,
Le peuple accourt et prend, pour couronner ta tête,
Des feuilles aux lauriers de l'auguste poëte!

Paris, février 1870.

XXIV.

A Madame la Marquise de Z...

Enfin, marquise, les gazettes
Annoncent votre engagement.
Le fait est accompli, vous êtes
Comédienne. C'est charmant.

En vain vos ancêtres maussades
Grognent au fond de leurs tombeaux,
Vous les renvoyez aux croisades
Pour venir avec les cabots.

Rien ne put empêcher, madame,
Que votre petit pied glissât
Sur les planches; mais, ô mon âme!
Il faut lâcher le marquisat.

Il faut, du bout de ta bottine,
Envoyer chez les égoutiers
Les birbes morts en Palestine
Et les deux cent dix-huit quartiers.

De cela nous n'avons que faire;
Je sais que l'on y tient beaucoup
Dans ce qu'on appelle ta sphère,
Mais, chez nous, c'est de mauvais goût.

C'est déjà bien assez des grues
Qu'importent les ducs ramollis,
Piliers des scènes incongrues
Où l'art a le torticolis,

Sans que l'on nous impose encore
Une bégueule, à tout propos,
Vantant le nom qui la décore...
Du flan pour tous ces oripeaux!

Ton marquisat, c'est une amorce
Chimérique.. Il faut du réel.
Es-tu seulement de la force
De Dorval ou bien de Rachel?

Les farces du début finies,
Quand trente ou quarante crevés
Secouant leurs têtes jaunies
Se seront bien dit : « Vous savez?

C'est que, vraiment, elle est exquise!
Ah! mon cher, elle nous manquait! »
Le public sérieux, marquise,
Viendra te coller ton paquet.

Et puis, je prévois une chose :
C'est qu'à la répétition,
Tu vas nous la farie à la pose :
Ma fille, fais attention.

Ton aïeul Ildéfonse quatre,
Lui-même, se mordrait les doigts
S'il voulait aujourd'hui nous battre
Comme ses vassaux autrefois,

Et son auguste descendante
Pourrait fort bien, sans longs débats,
Faire une retraite prudente
Vers le château de Carabas.

Notre Noblesse, à nous, est celle
Que l'on se fait sur les tréteaux
Quand le cœur en larmes ruisselle,
Comme pris entre deux étaux.

Nos marquises et nos duchesses,
Ce sont les filles aux beaux yeux,
O Thalie! ayant pour richesses
Ta voix, ton rire harmonieux!

C'est là créature endiablée
Qui souffre et ne veut pas guérir,
Et livre à la foule affolée
Sa grande âme avant de mourir.

Va! quand l'une d'entre elles dompte
Sous le lustre Paris entier,
Elle peut descendre d'un comte,
Si ça lui plaît, ou d'un portier.

Je te réponds que l'on s'en moque
De la plus complète façon.
Mais toi! vouloir, c'est trop baroque,
Nous montrer d'abord ton blason,

Venir encombrer de ta race
Nos planches, nos tréteaux sacrés,
Où l'on retrouve encor la trace
Des pleurs que Dorval a pleurés!

Tu crois nous honorer peut-être?
Allons donc, passe ton chemin!
Nous ne voulons pas te connaître,
Retourne au faubourg Saint-Germain!

Ou, si vraiment tu te sens l'âme
Assez virile pour marcher
Après les voleuses de flamme
Dont le nom doit t'effaroucher,

Quitte ce titre ridicule
Qu'on nous cite avec tant de soin,
Jette au panier ta particule
Dont l'affiche n'a pas besoin,

Puis viens à nous, en bonne fille,
Alerte et franche, et nous pourrons
Te recevoir dans la famille;
Mais à la porte les fleurons,

Le clinquant, la ferblanterie,
Les parchemins bons pour les rats,
Toute l'antique friperie
Dont on nous a fait embarras!

Jette-moi tout ça dans la rue
En ayant soin de l'oublier!
Ça peut servir à quelque grue
Pour aller le soir à Bullier.

Sainte-Lucie di Tallano, décembre 1869

XXV.

Monselet

Dévoré par les homards.

Les homards affamés hurlaient dans leur prison ;
Leurs yeux inquiétants avaient des lueurs fauves ;
Leurs compagnes au fond des humides alcôves
Semblaient fuir le soleil sanglant à l'horizon;

Les huîtres tressaillaient, en proie au noir frisson;
Les scorpions de mer s'accrochaient aux rocs chauves,
Et toi, Foi qui toujours nous gardes et nous sauves,
Tu te heurtais le front à la sombre cloison.

Quand Monselet tomba dans l'abîme, les masques
Des monstres de la mer devinrent effrayants
Et l'on vit s'allumer des regards flamboyants.

Mais la clémence sied aux homards monégasques,
Et ces martyrs que guette un cuisinier cruel
Venaient lécher les pieds du nouveau Daniel.

Nice, mars 1869.

XXVI.

Examen de conscience.

Tu riais, hier soir, tu chantais, misérable!
Tu tenais des propos révoltants. Ta raison,
Tu la traitais avec un sombre sans façon,
Être flétri, pervers, aux pochards comparable!

Est-ce ainsi qu'on devient un vieillard vénérable?
Réponds! Et tu buvais?... Quel immense horizon
De bocks fait pour donner à l'âme le frisson!
L'aube jette aux volets un sourire adorable.

Tu t'éveilles, les yeux rougis et les cheveux
Inquiets, et ta bouche aux bâillements nerveux
Crache péniblement une liqueur amère.

Souviens-toi du néant où tu vas, d'où tu sors,
Car voici, dissipant ton ivresse éphémère,
L'heure où la pituite appelle le remords.

Nice, mars 1869.

XXVII.

Sonnets spartiates.

A Charles Monselet.

I.

La table étincelait. Un tas de bonnes choses
Chargeaient la noble nappe. On y voyait des mets
Étiquetés de noms savants, chers aux gourmets;
Les crus fameux brillaient transparents, blancs et roses

Sous un prétexte aucun, mes yeux n'avaient jamais
Touché même de loin à ces plats grandioses,
Et cependant mon front, voilé d'ombres moroses,
Montrait que ce n'était point là ce que j'aimais.

« Tu te voudrais sans doute au fond de tes gargotes,
Dans un bouillon Duval, près d'une portion
De lapin contestable ou de bœuf aux carottes,

Misérable! » me dit tout haut l'amphitryon.
Tout tremblait du courroux qu'il me faisait paraître,
Et moi, je répondis tranquillement : « Peut-être! »

II.

Eh bien, oui! j'aime un plat canaille
Bien mieux que ces combinaisons
Qu'un chef alambique et travaille
Ainsi qu'Exili ses poisons,

Sur le banc de bois où me raille
Le merle chantant aux buissons,
Le cabaret et sa muraille
Que charbonnent les polissons.

Là, je bois les vins populaires
Où Suresnes met ses colères
Et qui font le nez bourgeonné,

Et, pour irriter la fringale,
Cyniquement je me régale
D'un plat de hareng mariné

Nice, mars 1859.

XXVIII.

Marée descendante.

Plus sombre qu'en sa hutte un vieux chef Samoïède
Dont la pêche consiste en deux phoques mort-nés,
Hamburger méditait, au café de Suède,
Sur la vie, et faisait un nez... ah ! Dieu! quel nez!...

Ses yeux d'aigle lançaient des flammes contenues;
Eclairs intermittents, sinistres précurseurs
Des tempêtes qui vont ensanglanter les nues ;
On l'entendait parfois dire : « Tas de farceurs! »

Un sourire plissait sa lèvre aux lignes pures.
A Longvood, ainsi Napoléon le Grand
Posait, pour épater les époques futures;
Mais LUI *ne tirait pas l'oreille de Bertrand.*

Il venait, seul, songeant aux illustres soirées
D'antan. Il était seul dans un coin, et pourtant
C'était l'heure où l'on voit les biches altérées
Jeter sur le trottoir un œil inquiétant ;

L'heure où le boulevard s'emplit d'hommes célèbres
De tout âge qui vont, mouvant flux et reflux.
LUI *demeurait plongé dans ses pensers funèbres.*
Des garçons qui servaient ne le connaissaient plus.

Quelquefois, cependant, naïf, un bon jeune homme
S'approchait du héros d'un air timide et doux.
Amer, et remuant un sirop à la gomme,
Il disait : « Vous avez des illusions, vous?... »

Le vide se faisait autour de lui. Canuche
Seul, cet observateur froid et silencieux
Qui pèse tous nos faits dans l'ombre et les épluche,
Murmurait : « Il fut grand, mais trop ambitieux! »

Des reporters passaient, mais sans le voir. Plus sombre,
Il replongeait son front si noble entre ses mains,
Résigné, douloureux, astre éteint, feu qui sombre
Et n'indiquera plus aux masses leurs chemins.

Cependant le café se vidait. Chaque groupe
Se dispersait. Chacun de son côté fuyait.
Quelques-uns de ces gens allaient manger la soupe,
D'autres disaient : « Silence! » à leur ventre inquiet.

Alors, dans cet endroit devenu solitaire,
Hamburger se leva, tragique, arrêta court
Le garçon cravaté de blanc comme un notaire,
Et, crevant en sanglots, fit : « Oh! ce Tillancourt !... »

Arsy, juin 1870.

XXIX.

Magnard.

« Je n'étais rien. J'étais un tout petit garçon
Qu'on envoyait chercher le Pays *sans façon*
Ou faire d'autres courses ;
Mais j'avais dans le cœur des appétits hautains,
De ces flammes qu'on voit au fond des cieux lointains,
Auprès des grandes Ourses.

On me criait : « Magnard par ci, Magnard par là, »
Je fus longtemps celui dont aucun ne parla,
L'être chétif, l'atome.
Mais, damant le pion à Flaubert abattu,
A présent que j'ai fait chez l'éditeur Dentu
Éditer un fort tome,

Je suis grand! Vapereau me vénère! Je suis
Un des triomphateurs surhumains que tu suis,
Auguste Renommée!
Et mon Paris au jour le jour *fait, chaque soir,*
Tressaillir, aux cafés où Prével vient s'asseoir,
Les peuples et l'armée!

En parlant de Victor Hugo, je dis : « Nous deux! »
Et le premier, c'est moi. Ce rimeur hasardeux

Dit : « Magnard! » et s'incline
Et comme il a raison! — Si Balzac revivait,
Il viendrait, au réveil de l'aube, à mon chevet,
Pincer la mandoline.

Je suis Magnard! Magnard le grand! Magnard le seul
Francis Magnard! le reste est au pâle linceul,
Et, vraiment, je m'étonne
Qu'on n'ait pas, secondant le vœu de feu Havin,
Multiplié mes traits chez les marchands de vin,
En Jupiter qui tonne! »

Ainsi parle Magnard, altier, joyeux, vainqueur,
Quand vous entre-bâillez les portes de son cœur,
Visions clandestines!
Lorsque Villemessant, au rêveur interdit,
Apparaît brusquement, et, gouailleur, lui dit :
« Eh bien! et mes bottines? »

Sainte-Lucie di Tallano, novembre 1869.

XXX.

Douleur de Ravajon.

Le docte Ravajon, ce maître illustre, aux airs
Ascétiques, disert entre les plus diserts,
N'est pas content. Sa bile

Le tourmente. Il maudit les hommes. Il n'a plus
Qu'à fuir loin de ce monde aux étais vermoulus
Pour se faire Kabyle.

« Faites de l'art! dit-il, soyez pendant trente ans
L'un de ses plus altiers et purs représentants;
Connaissez l'esthétique
Comme personne au monde, et cognez-vous le front;
Pratiquez les vertus austères qui feront
De vous un homme antique...

Qu'est-ce que cela fait à ce siècle bâtard?
Il passe insoucieux. On connaîtra plus tard
Votre valeur. Encore
Y mettra-t-on le temps. Jusque-là des navets!
J'en rirais volontiers, vraiment, si je pouvais :
C'est Courbet qu'on décore!

Un être sans tenue, échappé de ses bois,
Dont les tableaux ont mis ma pudeur aux abois;
Que feu Picot, sévère,
Mais juste, reléguait bien loin de l'Institut,
Et sur lequel la voix des critiques se tut
Quand lui vidait son verre.

Moi, nourrissant l'horreur de ce genre odieux,
J'ai toujours chastement fabriqué des bons-dieux;
Ma peinture tapisse
Les temples du Seigneur perdus au fond des champs,

Et mes enfants Jésus encombrent les marchands
Du quartier Saint-Sulpice.

O ciel! avoir tant fait de chemins de la croix,
Et puis la voir donner à d'autres! Et tu crois,
O France ingrate et vile!
Que ça se passera de la sorte? Oh! non pas,
Je vais faire un boucan terrible, et de ce pas
Bouleverser la ville!

Et ce Courbet! Est-il assez mal élevé!
Refuser ce ruban divin dont ont rêvé
Les hommes les plus graves!
Car il est bien certain que même un Hottentot
Serait heureux et fier d'orner son palètot
De l'étoile des braves.

Ah! si l'on avait eu du nez! ce n'est pas moi
Qu'on eût vu refuser ce ruban. Plein d'émoi,
Je l'eusse à l'instant même
Mis à ma redingote, à mon gilet, à ma
Chemise de nuit pour charmer les doigts d'Irma,
Le doux être qui m'aime!

Oh! l'on ne m'aurait pas fait ce plaisir pour rien.
Au lieu de vivre seul comme un Sibérien
Dans le fond de sa yourte,
J'eusse porté partout mon ruban : au sermon,
Au théâtre; j'aurais mis, plus que Darimon,
Une culotte courte!

Cependant, rayonnant et calme, tel qu'un dieu,
Courbet donnant le bras à Gustave Mathieu,
L'ami de la nature,
Manifeste son goût pour les riches salons
En prenant chez Andler un bock, puis dit : « Allons
Faire de la peinture ! »

Chantilly, juillet 1870.

XXXI.

La Chute d'un Ange.

Prével devient amer. — Jadis, c'était la joie
De nos cœurs, cet enfant charmant aux yeux que noie
Une mélancolie ineffable. On aimait
Ce doux front, ces cheveux que le coiffeur soumet
Un instant, et qu'après reprend la folle brise.
C'était le Chérubin de la presse. O surprise
Adorable ! le jour qu'il vint, ainsi qu'au temps
D'Astrée, on vit fleurir dans les prés éclatants
Le bouton d'or ; Veuillot sourit et fut aimable ;
Villemessant, rempli d'un trouble inexprimable,
Cria joyeux : « Noël ! voici le Rédempteur ! »
Il était bon, affable et digne sans hauteur,
Et les anges, clignant de l'œil à son passage,
Lui disaient : « Marche droit, petit frère, et sois sage. »

C'était un joujou, mais un joujou surhumain ;
On se faisait passer Prével de main en main,
Et chacun admirait la fraîche créature.
L'art ne lui prêtait rien, et la simple nature
Avait orné l'enfant prédestiné. C'était
Délicieux à voir, son œil qui reflétait
Les étoiles du ciel avec cette innocence !
Ce regard séraphique avait tant de puissance
Que Lagier se troublait devant lui. Quelquefois
Il disait : « Taisez-vous ! J'entends là-haut des voix ! »
Et l'on faisait silence.
O Prével ! ô doux être
En qui la rose auguste et le lys semblent s'être
Donné le rendez-vous mystique ; virginal
Officiant, pudeur vivante du journal,
Pourquoi cette amertume, ô mon Prével ? La cause
En est grave sans doute et triste ? Qui donc ose
Te faire du chagrin, cher Joas ? On ne sait.
Mais Prével est amer. Il est amer. Il s'est
Abonné brusquement à la misanthropie.
Il ne parle à personne ; il est sombre ; il copie
Timon d'Athènes. Seul, il hurle dans les bois,
Farouche et désolé comme un loup aux abois.
Hier, il se jetait sur l'infortuné Becque
Avec l'activité dévorante d'un Tchèque. –
Il n'aime plus les vers, ce poëte ! on dirait
Que Magnard l'a mordu dans un endroit secret.

Seigneur, qui voyez tout, Seigneur, dieu des armées,

Les pleurs ont mouillé nos paupières enflammées;
Dans cette affliction soyez notre secours,
Rendez-nous, ô Seigneur, le Prével des vieux jours,
L'adolescent joyeux et couronné de roses,
Qui, tel qu'un jeune daim, folâtrait dans les proses.
Otez-nous ce Prével soucieux qui n'est plus
Le Prével emporté sur les monts chevelus
Par le chœur bondissant des nymphes amoureuses!
O Dieu! Zéphire aimait les boucles vaporeuses
De ses cheveux de brume et d'or! Vierges, pleurez!
Pleurez, ô Cupidons! loin des bosquets sacrés
Où gémissent d'amour les blanches tourterelles,
Prével cherche à présent les sanglantes querelles
Des léopards tachés et des grands ours velus!
Pleurez, Grâces, pleurez! Votre Prével n'est plus!

Paris, juillet 1870.

XXXII.

Déjà nommé.

Je reviens, et mon vers en riant s'y résigne,
A ce Magnard toujours si cocasse, mon Dieu!
Et dont Lafargue dit à Prével, qui s'indigne :
« *Il est vraiment trop bleu!* »

Certes, parmi les gens que leur génie entraîne
A découper des faits divers dans les journaux,
On en cite de hauts et bien montés en graine,
Des crus de bons tonneaux!

Plusieurs ont un aplomb qui passe toutes bornes
Et vont dans tous les plats sans mettre de chaussons.
D'autres tirent la langue aux passants, font des cornes
Comme les limaçons;

Mais aucun d'eux ne vaut ce Magnard adorable,
Ce prophète du JE, *cet apôtre du* MOI,
Qui, le front couvert d'un toupet imperméable,
Nous vient dicter sa loi.

Il sait tout, ce Magnard, sans effort et sans peine,
Et ne se mouche pas du pied, « pour une fois ».
Il pose des béquets, et raconte à de Pène
Ce qui se passe au bois.

C'est un expert vraiment malin en toutes choses.
Ce n'est pas lui que Vrain-Lucas eût mis dedans.
Oh! comme il eût vu clair dans tous ces pots aux roses,
Avec ses yeux ardents!

Mais une ambition terrible le dévore.
Voilà le hic! *il faut au vieux Villemessant*
De bons petits garçons à leur première aurore,
Purs, au cœur innocent,

Qui fassent la copie et les courses, nettoient
Le bureau, pensent bien, et tâchent d'être mis
Ainsi que des commis de nouveautés, et soient
Résignés et soumis.

Tel ce doux Marx, ravi trop tôt à nos tendresses.
Magnard aussi fut l'un de ces enfants de chœur
Pour qui Villemessant réservait ses caresses.
Mais il n'a plus de cœur

A la besogne. Il a comme un vague dans l'âme!
On ne l'estime pas à sa juste valeur.
Ça l'embête! Après tout, de la divine flamme
Il est un recéleur!

N'en vaut-il pas un autre? Et Magnard se consume
En efforts surhumains, montre ses muscles, tend
Sa jambe, tout couvert de sueur et d'écume.
Mais il n'en faut pas tant.

O cher enfant! demeure à ta place, sois sage,
Ne mords personne. Il faut des crocs pour mordre. Vois
Tes petits compagnons! Quel souriant visage!
Quelle charmante voix!

On est ambitieux. Plus tard on le déplore.
S'il se fût contenté de rester lieutenant,
Le Grand Napoléon serait peut-être encore
Empereur maintenant!

Compiègne, juin 1870.

XXXIII.

Pour une Dévote.

I.

Que vous êtes belle à l'église,
Près des piliers massifs et lourds,
Sainte Thérèse et Cydalise,
Sur votre carreau de velours.

Je vous admire, les mains jointes,
Baissant vos cils longs et tremblants,
Vos brodequins laissant leurs pointes
Déborder les soyeux volants,

Avec vos poses extatiques
De nonne et de chatte à la fois,
Lorsque, sous les voûtes mystiques,
L'orgue fait entendre sa voix.

Quand montait l'odeur du cinname
Au ciel, entre chaque verset,
Bien souvent j'ai pensé, Madame,
Que c'était vous qu'on encensait.

II.

À vos pieds, ma tendre dévote,
Mon cœur, fier de s'humilier,
Danse doucement la gavotte :
Je veux baiser votre soulier.

Par le désir et la promesse
Vos yeux moites sont embellis :
Si j'étais le livre de messe
Que feuillettent vos doigts de lys?

Si j'étais, dans l'ombre incertaine,
Le reliquaire bienheureux,
Si j'étais encor la patène
Où meurt votre souffle amoureux?

III.

Grâce pour ces choses mondaines
Que je vous murmure bien bas :
Il est de galantes fredaines
Dont les cieux ne s'offensent pas.

Oui, nous pouvons, même à l'église,
Mon beau vase d'élection,
Unir, sans qu'on s'en scandalise,
L'amour à la dévotion.

Mon cœur dans votre cœur se noie,
Je vous adore avec ferveur,
Nos baisers frissonnants de joie
N'offenseront pas le Sauveur.

Sa charité même nous tente.
Il est bon à tout être aimant.
Pour Madeleine repentante
Il n'eut qu'un sourire charmant.

L'ami de Marthe et de Marie,
L'Agneau sans colère et sans fiel
Est indulgent lorsqu'on le prie
Sur vos fines lèvres de miel.

S'il trouve que notre caprice
Un peu trop loin s'émancipa,
Vous désarmerez sa justice
Par un mignon mea culpa,

Et répandrez, toute contrite,
Vos pleurs tendres et précieux,
Que sa main séchera bien vite
Pour ne pas voir rougir vos yeux.

Rennes, février 1862.

XXXIV.

Les Jumeaux.

Lorsque Villemessant, ce Barnum des journaux,
Avait son Figaro *de huit pages, que nos*
Petits-neveux avec ivresse
Commenteront, sa troupe et son corps de ballet
Éblouissaient les yeux. On montrait Monselet
Dont la prose est une caresse ;

De Pène à son aurore et Noriac, depuis
Directeur du théâtre où Schneider et Dupuis
Se livrent aux folles cascades ;
Cochinat, qui prenait sa peau pour encrier ;
Barbey d'Aurevilly faisant se récrier
Jacob devant ses estocades ;

Lespès l'infatigable, et Bourdin et Jouvin,
Et Sarcey qui voulait, en ce temps, mais en vain,
Nous mettre à l'École normale ;
Combien d'autres, actifs, vivants, audacieux,
Perchés ailleurs, ou bien, hélas! pour d'autres cieux
Ayant trop tôt bouclé leur malle !

Quand on avait tout vu, quand on avait longtemps
Admiré ces acteurs aux habits éclatants,

Villemessant avec mystère
Disait : « Vous n'avez pas vu le plus étonnant.
Préparez-vous. Jamais rien d'aussi surprenant
Ne s'est rencontré sur la terre.

C'est quatre sous de plus. Les dames n'entrent pas.
C'est là, Messieurs! c'est là, derrière ce lampas.
On peut toucher si l'on désire!
Ce phénomène étrange à deux têtes, que j'ai
Des griffes de Dejean à prix d'or dégagé,
Est vivant et non pas en cire! »

Sur un signe du maître alors Prével venait,
Agitant les grelots d'argent de son bonnet,
Prenant les Price pour modèles,
Faisait deux sauts de carpe, en arrière, en avant,
Avec l'agilité d'un papion savant,
Et Magnard mouchait les chandelles.

On tirait le rideau lentement. Le plafond
Était garni de ces voiles roses qui font
Comme une lueur de féerie,
Et l'on apercevait Scholl et Wolff enlacés,
Immobiles, semblant inertes et glacés,
Au fond d'une niche fleurie.

Ce n'était pas joli, mais c'était curieux.
On comprenait fort bien qu'on eût soustrait aux yeux
Des dames un pareil spectacle,

Mais c'était curieux. On les eût dit fondus
L'un dans l'autre. C'était bien deux individus,
Mais n'en formant qu'un par miracle!

Ces nouveaux Siamois différaient cependant
De visage : bouclé, moustachu, l'œil ardent,
Wolff avait l'air d'un matamore;
Un lorgnon insolent le faisait grimacer;
Il avait l'air d'un brave en train de tout casser,
Sa voix était pleine et sonore.

Scholl, plus mélancolique, avait le front penché,
Et certe! aucun rasoir ne s'était ébréché
Sur les roses de sa figure;
Sa voix d'enfant de chœur étonnait, et Flaubert
Avait dû copier sur cet ami d'Albert,
Schahabarim, son vieil augure.

Mais si leurs traits n'avaient aucun rapport entre eux,
Si leurs voix produisaient un effet désastreux
Pour nos lamentables oreilles,
Leurs proses, qu'on montrait en dépit des chaleurs
Dans un vase arrondi peint de folles couleurs,
Leurs deux proses étaient pareilles.

« *Prenez garde! criait Villemessant. Ces deux*
Jumeaux sont très-méchants. Je n'ose approcher d'eux,
Même s'ils ont pris leur pâture,
Car le fameux dompteur Mirecourt, qui les a

Élevés, m'a dit que Wolff un jour le laissa
Pour mort dans la cage-voiture.

Ils sont très-carnassiers. La réputation
D'une femme leur fait une digestion
Plus agréable et plus facile;
Les lettres, les secrets, ils n'en font qu'un repas.
Et moi-même, messieurs, oui, moi! ne m'ont-ils pas
Osé traiter de vieux Bazile! »

On sortait au plus vite, en se bouchant le nez.
Ce que sont devenus ces jumeaux façonnés
D'une manière si cocasse,
On ne sait. Ils se sont séparés, me dit-on,
S'étant fait opérer d'abord par Nélaton,
Chacun emportant sa carcasse.

Wolff, disent les journaux, est marié. Pour Scholl,
Il doit être rentré brusquement sous le sol
Ou filé vers un hémisphère
Quelconque. Après cela, qu'on le montre au Pérou
Comme objet singulier ou comme loup-garou,
Mon Dieu! pour ce que j'en veux faire!...

Beaumesnil, juillet 1870.

XXXV.

Halte de Comédiens.

La route est gaie. On est descendu. Les chevaux
Soufflent devant l'auberge. On voit sur la voiture
Des objets singuliers jetés à l'aventure :
Des loques, une pique avec de vieux chapeaux.

Une femme, en riant, écoute les propos
Amoureux d'un grand drôle à la maigre structure;
Le père noble boit et le conducteur jure.
Le village s'émeut de ces profils nouveaux.

En route! et l'on repart. L'un sur l'impériale
Laisse pendre une jambe exagérée. Au loin
Le soleil luit, et l'air est plein d'odeurs de foin.

Destin rêve, à demi couché sur une malle,
Et le Roman comique au coin de la forêt
Tourne un chemin rapide et creux, et disparaît.

Mont-de-Marsan, février 1868.

XXXVI.

Roman comique.

A A... L...

I.

C'était dans un pays perdu de la Champagne,
Une bourgade pauvre assise à mi-coteau,
Mais souriante à l'œil, gaie, et jamais campagne
De verdure et de fleurs n'eut plus riche manteau.

En entrant : le bouchon avec la branche d'arbre,
Des toits rouges, l'église où nichent des pigeons,
La maison du notaire et sa plaque de marbre,
Puis la mare commune où poussent de grands joncs.

C'était en plein été, dans la saison superbe
Où les blés verts encor commencent à jaunir,
Quand le soleil, ainsi que ses brins une gerbe,
Disperse ses rayons et semble nous bénir...

Nous vivions là. Chacun te guettait au passage,
Et ta grâce, pareille à l'aube, étincelait,

Reine, et c'était pour toi que ce frais paysage,
Au tomber de la nuit, chaque soir s'étoilait.

Notre présence était un scandale, une joie,
Dans ce bourg ignoré qui cachait nos baisers.
Derrière les maisons blanches à claire-voie,
Les vignerons sur nous braquaient leurs yeux rusés.

« C'est des comédiens! » disait-on, et sonore
Ton beau rire éclatait et nous passions gaîment,
Allant où va l'oiseau qui s'éveille à l'aurore,
Vivant au jour le jour, sans trop savoir comment!

II.

Quand tes pieds, où mes yeux voyaient des ailes blanches,
Tes pieds mignons chaussés de souliers pailletés
Caressaient le théâtre, il semblait que ces planches
S'ouvrissent à l'essaim de toutes les gaîtés.

Je me grisais de toi, caché dans la coulisse,
Tendant le cou, riant, fou d'amour, te buvant
Des yeux quand tu chantais, ô douceur! ô délice!
Et j'oubliais ainsi ma réplique souvent.

J'entrais en scène avec l'air de sortir d'un rêve,
De l'huile à quinquet sur mon habit de gala,

Le régisseur faisait entendre sa voix brève;
J'avais maudit trop tard ma fille ce soir-là.

Jamais tu ne savais un seul mot de tes rôles ;
Quand je te reprochais de ne pas travailler,
Tu me riais au nez en haussant les épaules,
Et convaincu je te regardais babiller.

Lorsque nous revenions, par les belles nuits claires
Que font les jours d'été, d'un théâtre voisin,
Je prenais dans mes mains tes mains pâles et chères,
Pendant que tu cachais ta tête dans mon sein.

III.

O souvenirs lointains! C'est dans les grandes villes
Que tu vas à présent, digne, froide, riant -
Rarement, oubliant ces doux bonheurs faciles
Dont notre vie allait, autrefois, s'égayant.

Célimène, veux-tu quitter ces nobles planches,
Et, ton bras à mon bras, revenir un matin
Aux tréteaux ingénus enfouis sous les branches
Et que je sois encor ton cavalier Destin?

Veux-tu recommencer ce rêve d'aventure
Par les monts, par les bois? Hélas ! voici l'hiver

Et la froide saison qui fait la terre dure
Fait aussi dur et froid ton œil jadis si clair.

Le velours t'a gâtée. Hélas! tu ne regrettes
Rien de ce passé tendre à l'éclat argentin,
Et si tu me voyais sur nos vieilles charrettes,
Tu dirais en passant : « Quel est ce cabotin? »

Orléans, mars 1864.

XXXVII.

A Jacques de Launay.

Donc, pour mettre près du bourgeois morose
Un contraste frais, innocent et doux,
Mariant des tons de lys et de rose,
Te voilà, Bébé, venu parmi nous?

Cher souffle d'amour, ô bulle de joie,
Te voilà! Tu ris, petit enjôleur;
Sans savoir pourquoi, tu viens. On t'envoie
De même qu'Avril envoie une fleur.

Sois le bienvenu. Près de ta couchette
Tu peux voir déjà des tas de papiers

Sur lesquels ton père écrit, en cachette,
Des récits, des vers en l'air épiés.

L'ami qui t'écrit, enfant, fait de même.
Il est très-content quand, au bout d'un jour,
Dans un clair sonnet, dans un frais poëme,
Il a fait passer un éclair d'amour.

Ça n'a l'air de rien, petit, cette chose
De jeter ainsi son cœur en des vers,
De parler des champs avec qui l'on cause?
Votre vie en va toute de travers.

On souffre beaucoup quand cette folie
Vous vient d'imiter tous ces gueux défunts
Chez qui l'auréole au carcan s'allie,
Et qui du fumier tiraient des parfums.

Et pourtant, plus tard, lorsque, beau jeune homme,
Tu verras s'ouvrir la vie à tes yeux;
Quand tu comprendras ces choses qu'on nomme :
Amour, Foi, Vertu, mots religieux!

Si tu vois venir l'étrange Sirène
Qui porte la Lyre auguste en ses bras
Et vers le rocher sacré nous entraîne,
Suis-la, mon enfant, ne recule pas.

Et tu souffriras, et des larmes rouges
Voileront tes yeux, et tu chanteras

La splendeur du ciel, peut-être, en des bouges
Pleins de scorpions grouillant sous tes pas.

Et tu seras pauvre, et la calomnie
Bavera sur toi; le public haineux
T'en voudra d'avoir sous son ironie
Le cœur droit et pur, le front lumineux.

Tout ce mal, j'en souffre encore. Qu'importe!
L'âme en ces combats s'élève et grandit,
Elle sait, et c'est ce qui la rend forte,
Que, hors le méchant, rien ne fut maudit.

Puis, dans cette vie, il est des ivresses
Qu'un poëte seul goûte pleinement!
La beauté des bois, leurs saintes caresses,
L'or de l'astre au fond du bleu firmament,

C'est pour lui. Lui seul comprend la nature.
Aussi, quand rêveur il vient, les jaloux
Demandent comment, malgré la torture
De chaque heure, il est si calme et si doux.

Et maintenant ris, et maintenant joue,
Sans te soucier encor du destin,
Et tends en passant ta petite joue
Au baiser ému du vieux cabotin.

Paillole, juillet 1868.

XXXVIII.

A Cosette.

Cosette ! le printemps nous appelle. Fuyons
La chambre longtemps close et les murailles sombres,
Allons dans la campagne où, dissipant les ombres,
Tombe la pluie ardente et folle des rayons.

Tristesses de l'hiver, allez-vous-en ! Rions,
Puisque avril nous revient, et que dans les décombres
Fleurit la giroflée, et que toutes pénombres
S'ouvrent au clair soleil, père des papillons.

Je chercherai la rime aux buissons accrochée,
Et je découvrirai la dryade penchée
Sur le miroir des eaux qu'éblouissent ses yeux.

Toi cependant, Cosette, ô ma chienne, ô ma fille !
Dans les champs où la vie excessive fourmille,
Tu lanceras au ciel tes aboiments joyeux.

Toulon, avril 1869.

XXXIX.

Dans la rue.

Hé, là-bas ! hé ! la jupe au vent !
Ohé ! la petite personne,
Arrêtez-vous. Mon cœur frissonne
En proie à l'espoir décevant.

Oh ! le beau corsage mouvant !
Et comme l'amour déraisonne
Devant ces grands yeux d'amazone
Plus clairs que nul soleil levant !

Arrêtez-vous donc ! Elle trotte
Sans répondre, et gardant ses bas
Immaculés, vierges de crotte.

Je reviens, mes projets à bas,
Mais content, car c'est gai la rue
Quand Rose vous est apparue !

Nice, mars 1869.

XL.

A Sully Prudhomme.

Rien n'est plus ennuyeux que ces villes banales
Débitant le soleil à faux poids, ou des eaux
Qui doivent aciérer nos muscles et nos os,
Pays d'albums usés, stations hivernales.

Des princes vagabonds illustrent leurs annales;
Les hôteliers hargneux combinent des réseaux,
Et l'on voit fuir au loin la joie et les oiseaux
Devant de laids bourgeois livrés aux saturnales.

Mais qu'un jour, le hasard, généreux quelquefois,
Fasse se rencontrer dans ces hôtelleries
Deux amoureux de vers et de rimes fleuries,

Tout s'égaye aussitôt : on voit germer des bois
Sur le trottoir fangeux, et les Muses fidèles
Font taire tous les bruits épars à grands coups d'ailes.

Nice, mars 1869.

XLI.

A Alexandre de Bernay.

Mon vieux compatriote, on t'oublie. On déterre
Chaque jour, dans le fond de quelque monastère,
Un rimeur enfoui sous l'herbe et les plâtras ;
On ressoude ses vers mutilés par les rats,
On leur remet des pieds ; on les commente ; on glose ;
Un savant les encadre au milieu de sa prose ;
Puis, un matin, Jehan Tournebrousche renaît !
On en parle, on le cite, et son moindre sonnet
S'enfonce comme un coin dans toutes les mémoires.
Et toi, mon Alexandre, hélas ! quelles armoires
Dérobent tes chefs-d'œuvre à l'admiration
D'Asselineau chagrin? O sombre question!
Tous les morts oubliés s'en viennent à la file
Réclamer leur soleil chez le bibliophile.
Et toi, brave homme, toi, couché tranquillement
Sous le gazon épais du bon pays normand,
Tu laisses en avril croître la violette
Et les frais liserons auprès de ton squelette,
Sans jamais demander si monsieur Taschereau
Prit soin de te coller au dos un numéro !
C'est trop de modestie, et je veux, Alexandre,
Moi qui suis ton pays, *glorifier ta cendre*

Sur ce mètre pompeux, de tous le souverain,
Et que nous te devons, le large alexandrin.
Car ce vers souple et fier aux belles résonnances,
Où l'idée est à l'aise et prend les contenances
Qu'il lui plaît, ce grand vers majestueux et doux,
Et que Pierre Corneille, un autre de chez nous,
A fait vibrer si clair et si haut, c'est ton œuvre;
Œuvre solide et bonne, et que nulle couleuvre
N'attaquera jamais sans y laisser ses dents!

Notre sol plantureux, qui pour tous les Adams
Fait mûrir au soleil la belle pomme ronde,
A l'heur incontesté de t'avoir mis au monde.
Sous les arbres touffus de Bouffey, tu grandis
Au milieu de forts gars, tous fiers, joyeux, hardis,
Robustes paysans dont la blouse rustique
Rappelle des Gaulois le vêtement antique,
Gens faits pour la charrue et faits pour la chanson!
Sifflant avec le merle, écoutant le pinson,
Regardant le ciel pur rire à travers ton verre,
Tu chantais, Alexandre, en libre et franc trouvère,
Tes amours, tes gaîtés, comme nous faisons tous;
Les rimes s'échappaient bruyantes par les trous
De ton cerveau fêlé.
Certes, plus d'un notable,
Le soir, haussait l'épaule en se mettant à table,
Lorsque tu revenais, par la porte d'Orbec,
Maigre comme un héron qui n'a pâture au bec,
Le nez rouge, les yeux ouverts sur les étoiles

Dans un oubli profond des fabricants de toiles,
De rêver dans les champs aux gestes et hauts faits
D'Alexandre et Porus, ces chevaliers parfaits
Qui combattaient sous l'œil de madame la Vierge.
Que t'importait cela? Dans ton manteau de serge,
Tu passais indulgent, et scandant sur tes doigts
Les syllabes d'un vers entendu dans les bois.

Mais les mètres anciens te gênaient. Ta pensée
Gaillarde en leurs anneaux étroits était froissée.
Au cidre généreux il faut un vaste fût;
Tu crias : « De l'audace! » et l'alexandrin fut.

Eh bien, parmi tous ceux, faiseurs de tragédies,
De drames, de sonnets, de strophes engourdies,
Qui te prennent ton vers journellement, pas un,
Illustres, ignorés, gras, bien repus, à jeun,
Pas un, mon vieux ami, qui de toi se souvienne!
La gloire de ce vers cependant est la tienne.
Ton poëme est mortel comme ennui, j'y consens,
Mais tu créas le moule où des fondeurs puissants
Ont versé le métal du Cid *et des* Burgraves.
Tu saisis le vieux vers et brisas ses entraves;
Bon ouvrier modeste, auquel, en ce moment,
J'apporte mon tribut de barde et de Normand!

Propriano, septembre 1869.

XLII.

Carte de Visite.

I.

Nous montions alors de gais hippogriffes
Au sabot d'azur, à l'aile de feu,
Nous escaladions tous les Tènériffes
Qui dressent le front dans le pays bleu.

Les heures passaient, folles, inégales,
Mais sonnant la joie et chantant l'espoir.
Étions-nous heureux, ferreurs de cigales,
De vivre en plein jour les rêves du soir!

O jours bourdonnants tout remplis d'abeilles
Comme l'air flambait! Comme l'horizon
Foisonnait de fleurs aux astres pareilles...
Et l'amour chantait si haut sa chanson!

Quand Margot venait, c'était Cydalise,
Et sa gorge au vent et ses cheveux fous
Faisaient oublier qu'on voit à l'église
Des gens réclamer le titre d'époux.

Nous battions les champs, même quand décembre
Soufflait sur nos doigts et cachait avril;
Le nuage noir semblait être d'ambre;
Nous portions au front un nimbe subtil.

II.

Douze ans ont passé depuis cette époque
Appesantissant chaque jour leur pas :
Ami, qu'as-tu fait de notre défroque
De riant satin et de taffetas?

Ta femme, en voyant ces choses fantasques,
Souvenirs joyeux du printemps dernier,
Dirait que « c'est bon pour courir les masques, »
Et les jetterait au fond du grenier.

Où diable as-tu pris cette puritaine
Qui pince la lèvre en parlant? Hélas!
Pour avoir suivi la route incertaine
Chère aux vagabonds, tu t'es senti las!

C'est une commune et fatale histoire,
Au licol qui s'offre on dit : « Eh bien! oui! »
Le notariat a chanté victoire :
Un artiste encor s'est évanoui.

III.

J'ai vu ta maison et j'ai vu tes roses.
La maison est gaie et les roses ont
Toujours le parfum des aimables choses,
Et mon cœur en est triste jusqu'au fond.

Oui! c'est le repos, le calme, le rêve
D'indolence qui parfois traversa
Notre tête aux mois bruyants de la sève,
L'eau vive, l'enclos, mais ça n'est pas ça!

Car les paradis qu'on voit sur la terre
Touffus de lilas et pleins d'églantiers
Prennent tout à coup un aspect austère,
Quand ces paradis ont des guichetiers,

Quand, au lieu des voix que l'on veut entendre
Dans le demi-jour, frais, mystérieux,
Un gros monsieur vient qui vous dit : « Mon gendre,
Il faut devenir enfin sérieux ! »

IV.

C'est pourquoi je pars encore, et me livre
Aux sentiers tournants, inconnus et verts,

Sentant que jamais je ne pourrais vivre
Exilé des chants, du rire et des vers.

Bien que des fils gris argentent mes tempes,
Mon cœur bat toujours fier, insoucieux,
Je veux conserver ardentes les lampes
Du cher sanctuaire où trônent mes dieux!

O Jeunesse! Amour! Liberté féconde!
Vous que les poltrons ne connaissent pas,
Guidez à travers l'infini du monde
Votre vieil ami qui vous tend les bras!

Si! nous cueillerons encor des étoiles
Dans les vastes cieux frissonnants et clairs,
Nous verrons encor, terrible, sans voiles,
La grande Vénus aux yeux pleins d'éclairs!

V.

Donc, adieu, mon pauvre enterré! Sois sage,
Puisque la sagesse, à ce qu'il paraît,
Consiste à cloîtrer l'oiseau de passage
Qu'effrayait le vent froid de la forêt.

Pour moi, dont la peau tannée et roussie
Par tous les soleils ne redoute rien,
Je suis ma chimère et ma fantaisie,
Poëte lyrique et comédien!

Et quand j'atteindrai le bout de la voie,
Enivré d'espace et plein d'univers,
Je mourrai, le cœur débordant de joie,
Murmurant encore une fin de vers.

Ostende, mai 1866.

XLIII.

Epilogue.

Louange à Dieu! Je peux croiser les bras. Mon livre
Appartient maintenant à la Postérité.
Qu'ils s'arrangent tous deux! Quant à moi, je me livre
Au charme du Rien faire *avec sérénité.*

O mes vers! On dira que j'imite Banville,
On aura bien raison si l'on ajoute encor
Que je l'ai copié d'une façon servile,
Que j'ai perdu l'haleine à souffler dans son cor.

Ce reproche est amer, mais ne me fend point l'âme;
Je ne sens nul remords et dors tranquillement,
Et si Zola, pareil à Pet-de-Loup, me blâme,
Je répondrai : « Je n'ai pas de tempérament! »

Hélas! comme l'on doit accabler ma vieillesse
Sous les coquelicots de mon frivole herbier,
Quand un Sacy futur aura la gentillesse
De coudre à mon habit les palmes de Barbier,

Je n'ai rien à répondre. Aussi je me résigne,
Regardant vaguement les nuages passer,
Tout en songeant, avec l'indolence du cygne,
Au poëme qu'il faut demain recommencer.

*
* *

Je me trouve à présent au carrefour d'Hercule,
Placé comme Robert entre Alice et Bertram.
Le Vice me dit : « Viens! » et la Vertu : « Recule! »
Le machiniste est là, sombre, près du tam-tam!

La Vertu, maigre, oh! maigre à faire peur, m'attire.
Près d'elle et son bras jaune a l'air d'un échalas :
« A force de rêver au bois où le Satyre
Se conduit mal, dis-moi, mon fils, n'es-tu pas las?

Sois un homme à présent, fait-elle. Tu constates
Souvent qu'on mange peu le long des grands chemins.
Laisse là tes chansons folles, fais des cantates,
Et les honneurs pleuvront dans ta poche et tes mains.

Fais-toi d'abord couper les cheveux. Les gendarmes
N'aiment pas, tu le sais, ces êtres chevelus
Qu'on rencontre dans les rochers pleins de vacarmes,
Épiant les plongeons des torrents dissolus.

Laisse la Fantaisie et sa crinière blonde.
Vois Manuel. Il est célèbre. Coquelin
Récite tous les soirs ses vers dans le beau monde ;
Mais il vit loin des gueux, en habit zinzolin! »

Le Vice, ange gardien de mes jeunes années,
Mon compagnon fidèle et l'actif artisan
De mes strophes d'avril au vent abandonnées,
Le Vice, gai, joyeux comme la Trévisan,

Me tiraille à son tour et me dit : « *Faux poëte!*
Veux-tu bien lâcher là cette duègne. Crois-tu
Que les astres en feu luisent sur notre tête
Pour te voir réciter des vers à la Vertu!

Si tu la connaissais, cette existence, bonne
Pour inspirer l'horreur du rire et des rayons!...
Les hommes vertueux s'appellent Ratisbonne.
Tu ne t'appelles pas Ratisbonne, voyons!

Tu n'as pas fait ces vers que nous nous empressâmes
Bien vite de porter au prochain pavillon
A trois sous : Le pays des ânes *ou* des âmes,
Où Corneille abruti trinque avec Boquillon!

Reste avec moi. Courons par la plaine enivrée!
On ne te verra pas sous les riches lambris,
Mais ton manteau râpé vaut mieux qu'une livrée
Dont les merles riraient sous leurs mouvants abris.

Au lieu d'entretenir Cora Pearl en cachette,
Tu te promèneras avec la belle enfant
Dont le rire amoureux fait un bruit de clochette,
Et qui montre aux rosiers son corsage bouffant.

Répare tes erreurs par des erreurs nouvelles,
Aime, bois sous la treille, et la Muse aux beaux yeux
Que d'un poignet hardi, le soir, tu déchevelles,
T'emportera d'un bond dans l'éther spacieux! »

*
* *

Gens graves, je ne puis encore être des vôtres.
Mon nid m'attend au bois vert où je le suspends,
Je ferme mon oreille aux voix de vos apôtres,
« JE VOUS LAISSE ET JE RESTE AVEC MES CHENAPANS. »

Sans doute, je pourrais avoir plus de tenue,
Être moins débraillé, mettre un fichu décent
A mes strophes qui vont parfois la gorge nue,
Surtout lorsque juin fait le ciel incandescent;

Je pourrais être digne, inspirer à ma bonne,
Vieille au tablier blanc, un respect sans égal,
Oui, mais rimer des vers ainsi que Ratisbonne,
C'est à vous faire fuir jusques au Sénégal.

Et puis je veux encor lire la Joie écrite
Dans l'univers, au mois enchanté des aveux.
Je suis trop jeune pour devenir hypocrite,
Je n'ai pas l'âge où l'on fait rougir ses cheveux.

Je pourrais, ô bourgeois! gardant une attitude
Noble, épouser ta fille et te rendre... Dandin,
Et tu m'infligerais deux ans d'ingratitude,
Comme Régnier dans les drames de Girardin,

Et tu te draperais dans ton rôle sublime!
Non, non! si je te fais cocu, tu le seras
Suivant toutes les lois de l'ancien jeu, sans frime,
Content, épanoui, grotesque, et tu riras!

Et ces chants cascadeurs et fous où je m'amuse
Seront bientôt suivis d'autres, en vérité!
Le docteur Desfossez, en auscultant ma Muse,
Est resté stupéfait de sa forte santé!

Donc, adieu les honneurs! Je vais sous les charmilles
Où résonnent, mêlés au chant des violons,
Les propos amoureux et gais des belles filles
Sans bonnet pour couvrir leurs cheveux noirs ou blonds!

Insoucieux et libre, et contant mes poëmes
A l'oiseau des forêts, à la fleur des buissons,
Me plongeant plus avant dans les franches bohèmes,
Où l'on ne connaît pas l'odeur des trahisons,

Heureux, avec l'unique et seul désir dans l'âme
De vivre indépendant, loin des Rogat sournois,
Je pars, sûr que jamais, si la foule m'acclame,
Elle ne dira : « Tiens! c'est le beau Duvernois! »

Beaumesnil, août 1870.

APPENDICE

En corrigeant, après deux ans d'interruption, les épreuves de ce volume, nous nous demandions si nos innocentes plaisanteries, peut-être de mise avant le 4 septembre 1870, ne paraîtraient pas s'adresser à des gens tombés à terre, ce qui eût été peu généreux; mais les hommes de l'Empire sont tombés à la manière des clowns, et les voici qui rebondissent sur le tremplin; leurs journaux sonnent des fanfares insolentes, ils se targuent d'une prochaine restauration, et leurs mouches bourdonnent fétides et noires. Nous laissons donc à notre livre son allure première, et nous le complétons, sans remords, par ces cinq pièces récentes et conçues dans la même gamme que leurs aînées.

Un *Index* serait peut-être utile pour un livre de ce genre. Il est fait mention dans ces pièces, improvisées au hasard du journalisme parisien, de quelques êtres obscurs, accidents quotidiens nés d'un fait divers, décrotteurs du *Figaro* aussitôt oubliés qu'aperçus. Mais à quoi bon ? Quand le public saurait que Rogat et Covielle désignent un même imbécile, en quoi serait-il plus avancé ?

A. G.

Paris, avril 1872.

I.

A Pierre Véron.

L'an dernier, quand Avril chantait, j'avais dressé
Un tréteau, par la brise errante caressé,
Dans votre gaï journal, indulgent pour mes odes.
Laissant au magasin la Lyre des Rhapsodes,
J'avais saisi le fifre aigu, puis un matin,
Sans trop m'inquiéter si le ciel incertain
Promettait du beau temps ou se chargeait d'orage,
Soufflant dans le bois noir, et tapant avec rage
Sur la caisse, j'avais attiré les passants.
Le spectacle avait pris : mes contrôleurs absents
Eussent pu quelquefois venir m'avouer cette
Somme énorme, trois francs cinquante de recette.
Cher théâtre! où, parmi les cris, les chants moqueurs,
Un applaudissement ignoré des claqueurs
Éclatait, libre écho de la libre nature!
Ma Muse, aventureuse et leste créature
Rencontrée en voyage, un jour qu'elle buvait
L'eau vierge des torrents, dansait et recevait
Les spectateurs avec un sourire plus rose
Et plus charmant à voir qu'un feu d'apothéose.

Nous chansonnions alors les puissants du moment,
Taillant à leur mesure un petit monument
Portatif, et pouvant se cacher dans la poche.
Mériter les bravos austères de Gavroche,
Tel était notre plan dans toute sa candeur.
Or, un jour que, cherchant à prouver notre ardeur
A complaire au public, nous réparions nos toiles
Et remettions de l'or aux rayons des étoiles,
Prétextant on ne sait quels futiles affronts,
La Guerre secoua sa torche sur nos fronts ;
Bonaparte en hurlant s'enfuit fou d'épouvante,
Terrifié devant cette masse mouvante,
Implacable, sinistre, et dont un froid compas
Semblait avoir marqué rigidement le pas.
L'Invasion monta, grouillante, lente, sûre,
Laissant de son talon l'immonde flétrissure
Pour longtemps imprimée aux villes, aux hameaux.

Oh ! qui dira jamais notre angoisse et nos maux
Pendant ces jours de nuit et de désespérance
Où Paris, séparé du reste de la France,
Souffrait stoïquement, et succombait enfin,
Vaincu par la misère et le froid et la faim ?
Et puis, quand on croyait revoir l'immense ville
Renaître et respirer, c'est toi, Guerre civile,
Spectre hideux, qui vins, louche, horrible, allumant
La rage dans les cœurs, et jetant le ferment
D'une haine éternelle et sourde entre deux races
Dont l'une couve l'autre avec des yeux voraces,

Et qui pourtant, au fond, ne sont que les deux sœurs
Faites pour la famille et ses pures douceurs !

Pendant qu'à tous les vents les sinistres trompettes
Lançaient avec fracas le signal des tempêtes,
Que pouvait devenir mon théâtre forain ?
Il s'effondra.
Plus tard, quand dans le ciel serein
L'ardent consolateur, le soleil, dans sa joie
Parut, disant au pré vert : « Respire et flamboie ! »
— Veux-tu, fis-je à la Muse, édifier encore
Nos tréteaux et sonner comme autrefois du cor ?
Revêts le jupon court qui sied à Zéphyrine
Et courons au plus tôt dire qu'on tambourine
Le spectacle brillant et varié du soir.
— Non ! répondit la Muse. Il convient de surseoir
A ces frivoles jeux d'un autre temps. Mon âme
Est pleine de tristesse et le courroux l'enflamme.
Non ! je ne rirai plus. Reprenons, reprenons,
Loin de ces tribuns faux dont j'efface les noms,
L'égoïste travail de nos jeunes années.
Fuyons vers le passé. Que molles, enchaînées
Par des rimes d'or pur, nos strophes largement
Tombent, célébrant Zeus immortel et clément !
Ah ! réfugions-nous dans l'Art inaltérable
Et laissons les humains à leur sort misérable !
Aimer ? souffrir encor ? Je ne veux pas. Assez
D'illusions ainsi, de rêves éclipsés !
Je ne veux plus brûler l'idole de la veille,

Découvrir un frelon où j'aimais une abeille.
Statuaire, à ton marbre, ô peintre, à tes pinceaux !
Toi, poëte, va-t'en le long des clairs ruisseaux.
Là, Naïs aux beaux yeux que ton abandon navre
Te récompensera d'oublier Jules Favre,
Car sa lèvre est charmante et les nids des buissons,
Lorsque, rose, elle s'ouvre, y prennent leurs chansons !
Artiste, ignore tout ce qui n'est pas l'art même,
Et donne-moi la main, et reprenons le thème
Que nous développions quand les rameaux flottants
Faisaient une ombre douce autour de nos vingt ans !
— Non, Muse : je le veux ! remettons notre masque !
Et recouds des grelots à ton bonnet fantasque,
Nous n'avons pas le droit de nous abstraire ainsi
De ce qui nous entoure et de n'avoir souci
Que de courir après la Chimère idéale,
Quand la Patrie est là, souffrante encore et pâle,
Après tant d'espoirs vains, de lâches abandons,
Tiraillée en tous sens par sept cents myrmidons !
Que ceux de qui la main tient la Lyre terrible
Démasquent brusquement quelque Méduse horrible
Devant les renégats et les menteurs. Pour nous
Dont le talent se borne à souffler dans les trous
Du fifre tapageur, acceptons notre tâche.
Ne crains pas que le Dieu que nous servons s'en fâche :
Nous pouvons, en gardant notre culte sacré,
Descendre sur le sol autrefois exécré,
Et rire des petits, étant petits nous-mêmes.
Ainsi, quand nous voyons, après les Magnards blêmes,

Plus fier que Bonaparte au jour de Marengo,
Un Koning au collet prendre Victor Hugo,
Et lui dire : « C'est moi qui suis le vrai colosse ; »
Quand Wolff, ce Prussien béat, louche et féroce,
Sur Rochefort captif se vient casser la dent,
Nous pouvons nous dresser, ô Muse, l'œil ardent,
Et chansonner ces fous dans nos Mazarinades.
Viens ! Nous pimenterons quelque peu les panades
Que Versailles nous sert, gais, alertes, railleurs
Riant de tous, n'étant d'aucun parti, d'ailleurs,
Restant indépendants en chanteurs que nous sommes,
Regardant sous le nez, sans respect, nos grands hommes
Et gardant notre amour dans toute sa fierté
Pour toi seul, ô génie auguste, Liberté ! »

Allons, c'est dit ! Plantons les pieux de la baraque,
Tendons la toile dont parfois le tissu craque,
Et tâchons, en rentrant derrière nos portants,
Que Madame et Monsieur le Maire soient contents !

Lillebonne, septembre 1871.

II.

Dans les Maquis.

Alors qu'Abbatucci, l'honnête mandataire
Que la Corse envoyait à Paris pour se taire,
Et qui se taisait en effet
Comme on ne se tait pas, lorsqu'Abbatucci, dis-je,
Vit qu'il fallait parler, tout à coup, ô prodige,
Il en demeura stupéfait.

Il se gratta le front lentement, le cher homme!
Puis secouant la tête, il éternua comme
Pris d'un fort rhume de cerveau,
Boutonna son habit, dit gravement : « Sois forte,
C'est le cas, ô mon âme! » et parla de la sorte
Aux électeurs de Zicavo :

« O chasseurs de mouflons, bergers dont la peau lisse
Se brunit au soleil, espoir de la police,
Pâtres, témoins au front d'airain,
Oui, Bellacochia, vieux bandit vénérable,
Blanchi dans la forêt sous le chêne et l'érable,
C'est bien moi, votre Séverin.

Tant qu'il vous a suffi d'un pieu, je vous en donne
Ma parole, j'ai fait le pieu, sainte Madone!
Et quel pieu, mes amis, quel pieu!
Un pieu stoïque, un pieu qu'envîrait le dieu Terme.
Mais toute chose doit, hélas! avoir un terme,
Aujourd'hui c'est un autre jeu.

Notre bon empereur gémit dans la misère,
Son casque sur le sol ainsi que Bélisaire,
Lui, le Messie et le vainqueur!
Sa femme va blanchir du linge en ville, et Pierre,
Comme garçon de peine est chez une tripière
Entré, sans gaîté dans le cœur!

Or, s'il est une chose à présent opportune,
C'est de faire connaître à tous cette infortune
Si respectable; car il est
Des lieux comme Paris où chacun vous raconte
Que notre empereur vit largement et sans honte
Avec l'argent qu'il nous volait;

Qu'il a des bois, des champs, des châteaux! Puis encore
Toute une basse-cour de gredins qui picore
Des sous dans le creux de sa main!
Voilà ce que l'on dit à tout venant en France,
Et ce mensonge infâme, avec persévérance
Répété, ferait son chemin.

C'est pourquoi nous voulons une forte nature,
Un orateur qui puisse écraser l'imposture
Ainsi qu'on écrase un crapaud!
Je serais bien ce foudre éloquent et farouche,
Mais vous me connaissez : lorsque j'ouvre la bouche,
Je deviens muet comme un pot!

Je ne sus que voter et me taire, pour cause,
M'éclipsant des endroits fréquentés où l'on cause.
Mais j'ai l'homme que nous cherchons.
C'est un gaillard que rien n'intimide et qui jure
Au besoin, toujours plein, pour gagner sa gageure,
D'arguments secs ou folichons.

C'est l'illustre Rouher! c'est ce ministre auguste
Dont la parole, à la tribune, avait tout juste
La valeur d'un vieil assignat.
Amis, votez pour lui. Sans doute il n'est pas Corse,
Hélas! cela se voit assez à son écorce,
Il n'est encore qu'Auvergnat.

Mais on peut lui chanter : « Arme ta carabine ! »
Jadis, quand il était encor dans la débine,
Simple avocat que l'on blaguait,
Il entra nuitamment dans la bande de l'homme
Qu'en son langage impur le Parisien nomme
Jean de Nivelle ou Badinguet.

Il fut un des héros de Décembre. Les manches
Au coude, il vit couler le sang par avalanches
Et fit : « Quoi! c'est déjà fini! »
Quand les proscrits, jouet du vent et de la lame,
Furent partis. On eût dit qu'il avait pris l'âme
De notre excellent Massoni!

Dirai-je ses exploits? La guerre du Mexique,
Les bons où de Jecker la probité classique
Éclata, ces fiers démentis
Lancés à Kératry, ce curieux trop drôle!
Et comment il savait éteindre à tour de rôle
Les députés de tous partis?

Nommez-le, mes amis! Nommez-le! Que l'aurore
Des jours de Bonaparte et du grand Théodore
Poli se lève sur nos monts,
Et nous pourrons après nous livrer sans contrainte
Au charme renaissant de ta divine étreinte,
Far-niente *que nous aimons!*

Les Corses ont dit : Oui! Et c'est pourquoi Versailles
Verra prochainement ramper dans ses broussailles,
Où l'écho des fêtes s'est tu,
Rouher, la cartouchère au côté, l'œil oblique,
Guettant par quel chemin passe la République,
Couvert du pelone *pointu,*

Et, comme le Rosso, mâchant une châtaigne,
Sans bruit en attendant que sa vengeance atteigne
La Vierge aux regards sans effroi,
A moins que brusquement, faisant tomber son arme,
Ne surgisse, de l'ombre épaisse, un bon gendarme
Qui lui dise : « AU NOM DE LA LOI! »

Lillebonne, septembre 1871.

III.

Versailles.

Et tu n'auras bientôt qu'un peuple de statues.
TH. GAUTIER.

Elle était belle en sa fière tristesse
La froide ville au parc silencieux,
Elle était belle avec ses airs d'Altesse,
Calme devant le sort disgracieux.

On y rêvait. Sous le feuillage sombre,
Hugo parlait au rustique Sylvain

Lassé de rire en sa retraite où l'ombre
Montait vers lui du noir et froid ravin.

L'herbe croissait paisible dans les rues
Où tout était correct et régulier.
Rien de heurté, nulle de ces verrues
Qu'à ses grandeurs Paris sait allier.

Parfois le soir, au bras d'un militaire
Vêtu d'azur, arrogant comme un paon,
Un cordon-bleu passait avec mystère,
Et l'on disait : « Louis et Montespan ! »

Louis-Philippe avec son parapluie
Déteignait bien un peu sur ces splendeurs.
Tout murmurait : « Dieu! comme je m'ennuie. »
Le vent bâillait entre les ifs boudeurs.

Mais, somme toute, on se sentait plus grave,
Et l'on gardait de ce riche tombeau
L'impression qu'en nos souvenirs grave
Ce qui fut grand et ce qui reste beau.

Mais aujourd'hui rompant enfin le charme
Qui l'enchaînait, la Belle au Bois-Dormant,
Depuis cent ans, calme dans le vacarme
Et l'ouragan, s'éveille brusquement.

Elle détire en l'air ses bras d'ivoire,
Tord ses cheveux ruisselants dont pas un
D'un fil d'argent n'outrage l'ombre noire;
Elle sourit, et fait signe à Lauzun.

Voici les jours revenus où Molière
Divertissait la cour du Roi-Soleil;
De beaux seigneurs à mine cavalière
Vont nez au vent et regard en éveil.

Bons mots de cour, chroniques scandaleuses,
Récits badins qu'un clin d'œil achevait,
Vont revenir aux lèvres persifleuses;
Voici Dangeau qui remorque Blavet.

Boileau défunt en Sarcey ressuscite;
Quant aux guerriers, couverts de gloire et d'or,
Nous en avons, autant qu'il est licite
D'en posséder, peut-être plus encor.

O parodie! On peut voir sur la scène
Où Nicéphore ennuyait Conradin,
Venus du Var aux rives de la Seine,
Les députés, côté cour et jardin.

La joue en feu, telle qu'une pivoine,
Entendez-vous l'aimable Lorgeril?

« *Pater noster!* » *murmure Prétavoine,*
Songeant aux foins qu'on lui dit en péril.

. . . . .

Mignard n'a plus rien à faire : ces ventres,
Ces grosses mains qui sentent le fumier,
Ces nez de pourpre et ces bouches de chantres
Sont de plein droit réservés à Daumier.

Ils vont partir ces gamins centenaires
Pour le pays où maman les attend.
Versailles va, comme aux temps ordinaires,
Demeurer vide au bord de son étang.

Oh! qu'elle y reste et jamais ne revoie
Tous ces fermiers cravatés blanchement,
Qui peuvent faire un instant notre joie,
Mais nous font trop pleurer en ce moment.

Qu'elle reprenne, avec la solitude,
Sa majesté, son calme, sa grandeur,
Et nous viendrons, loin de la multitude,
Fêter encor cette vieille splendeur.

Car, ô cité des gloires abattues!
A tes ruraux, chéris du bonnetier,
Nous préférons le peuple de statues
Que te promit Théophile Gautier,

Et nous pleurons, nous les gens du Permesse,
Lorsque les gars de Brest et du Poitou,
Voulant pousser les peuples à la messe,
Blessent les yeux des filles de Coustou.

Mais nous rirons, si ce prochain décembre
Tu nous fais voir, ô pays solennel!
Droits à leur poste, aux lieux où fut la Chambre,
Tes gargotiers consolant Ravinel.

Beaumesnil, septembre 1871.

IV.

Le Casque.

Il est grotesque et pue encore.
Par le vert-de-gris assailli,
Un aigle de cuivre décore
Cette marmite en cuir bouilli.

Il est là, sur la cheminée,
Dominant le foyer ancien,

Près d'une chouette consternée :
C'est le casque d'un Prussien.

Trophée horrible et ridicule !
C'est la coiffure du vainqueur.
En l'apercevant on recule
Glacé jusques au fond du cœur.

O paysan que l'avarice
A repris en ses maigres doigts,
Dis-moi que ton poil se hérisse
D'horreur lorsque tu l'aperçois !

Il ornait le chef d'un bravache,
D'un bellâtre à longs favoris
Jaunes, de ceux que l'on cravache
Et qu'on fouette en disant : « Souris ! »

Oh ! ce drôle patibulaire
Qui traînait son flegme allemand
Au meurtre, et brûlait sans colère
Nos chaumières, tout en fumant !

Rappelle-toi ! Quand une balle
Le jeta par terre, suivant
Sa consigne de cannibale,
Il cherchait d'où soufflait le vent,

Et calme, assis sous un vieux porche,
Il disait à ses argousins
D'aller vite jeter la torche
Au milieu des chaumes voisins!

Faut-il que je te la raconte
Cette lugubre histoire, dis!
Et celle de ces jours de honte
Où tu fuyais, ô jours maudits!

Où, quand résonnaient ces syllabes
Faites pour le gosier des porcs,
Tu criais grâce à deux Souabes
Liés sur leur selle, ivres-morts.

O paysan! je te rappelle
Ce temps lugubre! en vérité,
J'aimerais mieux prendre la pelle
Et recouvrir ta lâcheté

De terre, de sable, de cendre,
De chaux vive, pour qu'à jamais
Ce soit fini. Mais tu vas tendre
Le col au joug! Tu t'y remets!

Tu vas, après tant de désastres
Demander encore au curé

Quel mortel choisi par les astres
A tous doit être préféré!

Tu prends le bulletin de vote
Que le marquis de Carrabas
Remplit de sa plume dévote
Et te jette en criant : « Là-bas! »

Et nous verrons sortir de l'urne,
Sifflant, rampant comme autrefois,
Un essaim lugubre et nocturne
De Bonapartistes sournois,

Tous ceux que notre République,
Naissant, d'épouvante frappa
Vont revenir d'un pas oblique.
Prépare ton mea culpa !

Ou plutôt, regarde le casque!
Un crâne hideux est dessous.
Demande-lui quelle bourrasque
L'a fait rouler jusque chez nous!

Il te dira que la tempête
Qui te ruina l'an passé,
Pauvre paysan, était faite
Avec ton vote mal placé,

Qu'elle gronde encor dans les nues
Aussi terrible, et que tu vas
Déchaîner, si tu continues,
Son tonnerre qui ne dort pas!

Va donc! et la prochaine année,
Puisque ce plaisir est le tien,
Tu mettras sur ta cheminée
Un second casque prussien!

Beaumesnil, septembre 1867.

V.

La Presse nouvelle.

I.

Rime, belle vagabonde,
Rime d'or, ô tête blonde,
Toi qui courais par les champs
Comme une abeille enivrée,
Prends la trompette cuivrée
Et passons à d'autres chants.

O Rime! c'est par la ville
De Haussmann et de Clairville
Que nous nous promènerons.
Adieu les prés pleins de joie,
Le clair rayon où tournoie
Un peuple de moucherons.

Laissons au bois les linottes,
Il nous faut prendre des notes
Sur un morne calepin,
Et, pour pénétrer les choses
Que jadis on tenait closes,
User des tours de Scapin.

Rime, il faudra, la première,
Produire en pleine lumière
Le secret que l'on cachait,
Descendre aux lieux interlopes
Et sonder les enveloppes
Sans abîmer le cachet.

O Rime! ce qu'il importe,
C'est d'entre-bâiller la porte
D'un boudoir mystérieux,
Dire au juste quelles sommes
Cora perçoit, car nous sommes
Devenus très-curieux,

Curieux à la manière
D'une bonne cancanière,
Non de l'art, de ses destins,
Mais de petites nouvelles
Pour exercer les cervelles
Des amateurs de potins.

O Rime! il faut nous soumettre
A ce que veut notre maître
Le Public, être exigeant,
Dont le droit incontestable
Est que l'on serve à sa table
Ce qu'il veut pour son argent.

Dans l'air où les gypaëtes
Prennent leur vol, les poëtes
Empoignaient les astres d'or
Par leur crinière de flamme;
Maintenant on les réclame
Aux deux bouts d'un corridor.

Résignons-nous donc, ô Rime!
Puisqu'il le faut, je me grime
En reporter. *Viens, laissons*
Là poëmes et ballades,
Les strophes sont bien malades!
D'autres temps! d'autres chansons!

Chantons-les donc! A la Muse
Donnons, puisqu'on s'en amuse,
O Rime! un coup de poignard!
Art, mot creux, idéalisme!
Nous ferons du journalisme
Tel que le comprend Magnard.

II.

Dénonçons, avec ivresse,
Avec joie, avec tendresse,
Tout, nos amis, nos parents;
Le chant que Bulbul cadence,
Et la douce confidence
D'Agnès aux yeux transparents.

Dénonçons, sans paix ni trêve;
Soyons mouchards même en rêve!
O Rime! ressuscitons,
Telle que nous l'encadrâmes,
La Venise des vieux drames
Et des romans-feuilletons.

Le gai ferreur de cigales,
Battant sous les astragales,
Du pampre aux coteaux d'Aï,
Une folle pretantaine,

D'une voix sombre et hautaine
Dit : « Je suis Homodei! »

Foin du scrupule incommode!
Puis la chose est à la mode :
On dénonce aujourd'hui pour
Faire comme tout le monde.
Ce métier jadis immonde
A pris sa place au grand jour.

Joyeux et fier, il étale
Au front de la capitale
Son gros ventre et ses écus;
Il exige qu'on l'honore
Lorsque son rire sonore
Eclabousse les vaincus.

Et c'est lui qui représente,
France, ô France frémissante,
Aux yeux vers le Ciel levés!
Pour quelques marionnettes
Le clan des hommes honnêtes
Et des gens bien élevés.

III.

O vieille presse française,
Vidocq fait son diocèse
De ton domaine. Aujourd'hui
Devant la sombre milice
Dés hommes de la police
Les littérateurs ont fui.

Le fantoche Covielle
Donne le la *sur sa vielle*
A l'aimable Jollivet,
Et le Frelon de Voltaire,
Louche et hideux, sort de terre
Entre Koning et Blavet.

Aussi, quand un Gavardie
Qu'un beau courroux incendie
Dénonce un livre au bourreau,
Il fait bourdonner farouches
Un essaim de noires mouches
Du Gaulois *au* Figaro.

O Muse! est-ce assez de honte?
Voile-toi les yeux. Surmonte
Ton dégoût, et dans l'azur

Envolons-nous. Que ton aile
T'emporte, Muse éternelle !
Loin de ce cloaque impur.

Oublions ces laides choses
Et dans les splendeurs écloses
Où les clameurs et les cris
De cette presse odieuse
N'arrivent pas, radieuse,
Redis-moi nos chants proscrits.

Paris, mars 1872.

TABLE

PARIS. — J. CLAYE, IMPRIMEUR, 7, RUE SAINT-BENOIT. — [439]

ERRATA.

Page 9, vers 20, au lieu de :

Et ce n'est *qu'aujourd'hui,* lire : Et ce n'est *aujourd'hui.*

Page 83, vers 7, au lieu de :

Tu vas nous la *farie,* lire : Tu vas nous la *faire.*

www.ingramcontent.com/pod-product-compliance
Ingram Content Group UK Ltd.
Pitfield, Milton Keynes, MK11 3LW, UK
UKHW021047230726
13926UKWH00004B/1694